AF392865

Colección de los Altísimos

La colección de los altísimos es un reconocimiento que hacemos a autores nacionales y extranjeros que han dejado huella en la escena literaria chilena, con especial énfasis en narradores de literatura de género.

Autor: Sascha Hannig
Director de la colección: Emiliano Navarrete
Arte de portada y contraportada: Francisca Loreto
Edición literaria: Marcela Küpfer
Asesoría editorial: Eric Carvajal
Corrector de prueba: Emiliano Navarrete
Diagramación: Eric Carvajal
Impresión: Libros independientes
Registro de Propiedad Intelectual
2020-A-5408

ISBN
978-956-9505-46-1

Primera edición
Agosto de 2020

Escrito en Chile, editado en Puente Alto, Chile

Deltas

Sascha Hannig

La línea que separa el bien y el mal no pasa a través de los estados, ni entre las clases, ni entre los partidos políticos, sino a través de cada corazón humano, y a través de todos los corazones humanos.

Aleksandr Solzhenitsyn

Prefacio

I

La habitación ha sido carcomida por la penumbra abismal, excepto por la tenue luz de una vela que yace bajo la cámara de filmación. La chica morena de lentes que estás viendo en medio, esa que tiene un ojo morado, una quemadura en la frente y cuya expresión se confunde en las sombras divagantes, esa soy yo. Tengo algo muy importante que decirte porque puede que no nos volvamos a encontrar.

Al pulsar record miro seriamente a la lente de la cámara filmadora, respiro hasta que mis pulmones se llenan de aquel aire frío impregnado de una tenue esencia a gasolina, y comienzo a hablar.

—Antes de empezar, permíteme contarte una historia.

«Es 31 de enero de 1973, 15:30. Llueve a cántaros, como suele pasar luego de un par de tardes acaloradas en la ciudad de Buenos Aires. Por las angostas escaleras que bajan a la estación de Subte de Acoyte, un caudal acuoso y resbaladizo promete quebrarle la espalda a los transeúntes descuidados.

Andrés Carmozil jamás ha corrido tan rápido en su vida. Sus pies parecen volar por sobre las baldosas y es realmente un milagro que las suelas de sus zapatos de chalet no se conviertan en jabón al rozar con el torrente de agua que desciende por los escalones.

El tren de la línea A pasa una vez cada veinte minutos y, para su desgracia, ya escucha rechinar sus frenos sobre los rieles de aquella pequeña estación de Caballito, con sus rejas eduardianas cubriendo las entradas y su tinte romántico, sepia. Lo consume la desesperación y acelera hacia la plataforma de abordaje mientras siente sus piernas desgarrarse, acaloradas y llenas de adrenalina.

Tras pasar la barrera de metal y sin mucho más aliento, ve las puertas del tren cerrarse y guardar una multitud de rostros dentro. Cierra los ojos y recuerda, con los dientes apretados y la mandíbula crujiente, que aquella es su última oportunidad de conseguir un empleo decente. En un arrebato y sin atreverse a abrir los ojos, se lanza para ver si logra entrar a la máquina. Entonces siente un golpe fuerte en la cabeza y el torso, de aquellos que dejan sin aliento en la boca del estómago.

—¿Estás bien? —escucha una voz sobre su nuca. Se halla en el suelo del vagón, de boca al piso y con la basta del pantalón enganchada en la puerta mecánica del metrotrén. Sin embargo, está dentro, ha logrado vencer a su suerte, está listo para su entrevista.

—Sí, gracias —dice antes de levantarse y alzar la vista.

La voz pertenece a la mujer más hermosa con la que se ha topado en la vida. Sus labios rojos, su cabello negro y enrulado y su libro de Ernest Hemingway en la mano, lo han enamorado. En el momento en que ella le da la mano para ayudarlo a levantarse y él le pregunta su nombre, sus destinos ya han unido sus caminos para siempre. La historia de Diego Carmozil comenzaba a escribirse.

Diego Carmozil nació el 13 de agosto de 1976. Su cabellera negra y frondosa le cubría desde la punta de la frente hasta la base del cuello. Sus cejas anchas se anteponían a dos ojos azules intensos que había heredado de su abuelo paterno y su mandíbula robusta, cuadrada e imponente, sobresalía del resto de su cara. Para el año 1993 ya era estudiante de abogacía en la Universidad de Buenos Aires y contaba los días para egresar. Su sueño era ser el juez más respetado de la nación, hacerle frente a la corrupción que, por la época, ya era una realidad en todo el continente.

Pero Diego nunca llegará a nacer. Y de eso trata este relato, de aquellos que simplemente dejan de existir.

Justo antes de que Andrés, su posible padre, logre adentrarse en las angostas escaleras de la estación Acoyte esa tarde de 1973, un hombre con la misma prisa que él se adelantará, lo empujará y comenzará a bajar los escalones jabonosos. En el quinto escalón antes de llegar a la plataforma de abordaje, el hombre resbalará y se golpeará la espalda con la baranda, gritando con un aullido seco. En su ayuda, Andrés se despojará de su maletín, perderá el vagón, su trabajo y al amor de su vida. A quien en realidad nunca conocerá.

Ese es el inicio de mi historia, la historia del no amor de Carmozil, la historia de mi muerte. Ahora, sola en medio de una ciudad que ya no conozco, no parece tan divertido meterse con el pasado».

Me detengo un segundo y miro nuevamente a la cámara, el lente parece una pupila que me observa como un juez severo esperando amputar mi cabeza.

«No estoy segura si lo que estoy grabando seguirá una vez que despierte. Pero debería, Kennedy acabó muerto. ¿No es así?».

"Crack", escucho desde el aparato. La luz roja tintineante se apaga por última vez y con ella la única fuente luminosa de la habitación.

"Una noche, solo una noche más", me digo a mí misma, "ya es hora de volver a despertar, si es que logro volver a hacerlo".

Julia me mira con el ceño fruncido y los pómulos rojos, brillantes. Sus manos presionan la mesa tan fuerte que las uniones de madera crujen como la bisagra oxidada de una puerta.

—No tienes por qué hacerlo —gruñe—, te van a matar, lo sabes.

Federico, el científico de rizos castaños cuya cabeza de milagro no roza el techo, barbilla alargada y brazos algo delgados para su contextura, se acerca a la chica y sostiene su hombro. Mi amiga rompe en llanto e impotencia.

—Y esos locos van a llegar y nos van a matar a todos.

Julia no me entiende, tengo que dormir, aunque no pueda despertar. Es mi culpa que él ya no esté, es mi culpa que todo hubiera cambiado y que esos deltas estuvieran tras ellos. Lo controlan todo, todo menos mis sueños.

—Toma el somnífero y recuéstate —dice Federico sin soltar a Julia, quien tiembla de miedo. Sus flecos lisos y azulados caen sobre su frente y se mezclan con sus lágrimas.

¿Cuándo empezó toda esta pesadilla? La respuesta real es: cuando era niña, quizá antes de nacer. Pero en realidad puedo ponerle una fecha sin problemas al momento en que todo comenzó a caer.

Primera parte:

Réquiem de una tragedia

*"Aquellos que olvidan su propia historia
están condenados a repetirla"*
George Santayana

Capítulo 1: La dama y el Kremlin

"Todos somos héroes en nuestra propia historia, pero cuando interpretamos la verdad a conveniencia, a menudo nos convertimos en el peor tipo de villano. Aquel que está convencido de que lucha por el bien común, y que intenta conseguirlo a cualquier costo".

I

23 de febrero de 2010, 11:23 a.m., Santiago de Chile.

"Estimados pasajeros… estamos próximos al aterrizaje", resonó el mensaje del piloto a través de los parlantes del vuelo KL 406 procedente de Nueva Moscú que acababa de llegar al aeropuerto Presidente Raúl Cornejo (PRC/SCL). Su voz áspera y su acento poco convincente producían un eco realmente molesto en mis oídos.

No estaba muy consciente de lo que ocurría a mi alrededor, pues no dormí más que un par de minutos en el tormento de la noche. Habían sido doce horas continuas de bebés llorando, señoras roncando, niños pateando el asiento de enfrente (el mío, claro) y, como era de esperarse, turbulencias sin tregua en el cruce del Océano Atlántico y la no tan blanca cordillera de los Andes, cuyos picos se alzaban hacia el cielo, sus ríos se deslizaban cargados de hierro rojizo por las laderas de los cerros y su anchura no distinguía la frontera con las tierras argentinas.

No podía soportar un minuto más en aquel modelo Airbus miserable, viejo, diminuto para un viaje de 11.300 kilómetros. Y no lo digo porque le tenga un miedo prenatal a las alturas, a los aviones y a las multitudes, sino porque me tocó ir en la ventana mirando el ala de la máquina moverse arriba y abajo como una gelatina fuera del molde, con los tornillos oxidados y restos de hollín marcados alrededor de los motores como si fueran estelas de carbón.

Abrí los ojos con dificultad. La espalda me dolía, tenía los oídos bloqueados, los pies hinchados apretaban mis zapatillas y un hilo de baba seca me caía por la barbilla. Puse mis manos sobre mi frente esperando no verme peor que el resto de los pasajeros. Justo en ese momento, un hombre robusto comenzó a toser sus pulmones a mi lado. Estaba sudando y había marcado el asiento con sus acuosos fluidos corporales. Mi espalda se puso fría y desvié la cabeza hacia la ventana, intentando contener el asco.

"Teléfonos celulares y aparatos electrónicos deben permanecer apagados hasta que el capitán lo indique", continuó la azafata mientras el avión se arrastraba a través las pistas del aeropuerto. Cerré los ojos con fuerza y froté las manos contra mi cara, el cansancio seguía atacando mis huesos y músculos como si un hombre adulto se hubiera sentado sobre mi regazo.

—¿Vas a seguir durmiendo? —sentí la voz de mi primo Leonardo en la oreja.

Lo empujé hacia su asiento, aún sin incorporarme a la realidad. Luego, intenté destapar mis tímpanos que comenzaban a doler y acomodé mi cabello en su posición natural, despegándolo de la saliva que cubría mis mejillas.

—Quería —respondí con los brazos estirados y un bostezo en la garganta que no me dejó seguir hablando.

El avión se había detenido entre los chirridos de los frenos gastados y el crujido de sus latones. Un par de pasajeros ya estaba de pie para sacar su equipaje de mano comprimido en lotes dentro de las cajoneras superiores. Todo olía a pies. Intenté sacarme el cinturón y solo entonces me di cuenta de que mi libreta, medio abierta, seguía entre las piernas.

— Qué raro —dije en voz baja. "Cuidado con los hombres rojos", había anotado con letras grandes.

—Pobre Gabi, nunca te ha tocado un avión decente —dijo mi tía Verónica desde el otro lado de la cabina, mientras sacaba sus dos maletas pequeñas e hinchadas del porta-equipaje.

Mientras, los guardias de aduana ingresaban al avión con sus detectores de explosivos, tapando el tráfico y empujando lo que se les cruzara en frente. A un par de pasajeros, incluyendo al hombre enfermo a mi costado, les pidieron sus documentos y los invitaron sutilmente a salir con ellos, mientras los de la sección posterior presionaban por llegar a la manga.

Cerré los ojos y por un minuto me vi de vuelta en Nueva Moscú, inserta en una imagen de postal que me abrazaba y me arrastraba como un reloj al pasado o como una foto perdida durante un largo tiempo en los cajones de la abuela.

II

10 de febrero de 2010, Nueva Moscú, 13 días antes.

Sentí el aroma a invierno, la nieve bajo mis pies aferrándose a mis zapatos. Vi mis brazos cubiertos por la lana curtida del largo chaleco que mi tía me había prestado para evitar que me congelara. Ahí, en el centro de la ciudad, me rodeaban las calles anchas de pavimento, algunas de hasta diez pistas, que dejaban pasar los ríos de vehículos acostumbrados al hielo y a la gente corriendo en las avenidas de la urbe más poblada de Europa Oriental.

El mundo fuera del hotel donde nos estábamos alojando, el Metropol, parecía un laberinto de cabezas estresadas y las instrucciones en inglés de la recepcionista solo me habían hecho entender que debía caminar por alguna calle cercana. En resumen, me encontraba totalmente desorientada. Sin embargo, sabía que el teatro Bolshoi estaba a menos de diez minutos y que mis pies, tarde o temprano, me llevarían ahí.

Entre mis dedos danzaba el boleto de entrada. Sonreí. Llevaba años esperando este momento. Uno de mis grandes sueños de la niñez fue ser bailarina, aunque mis pies descoordinados y mi problema físico nunca me lo permitieron.

Claro, a mis cortos ocho años ya sabía que era imposible, que yo no era como los demás, jamás cumpliría mi sueño. Estaba condenada a mirar todo a través de una pantalla, mientras aquellos afortunados artistas podían llenar su vida con el movimiento de sus pies. De todos modos, estudié el ballet y todo lo que tuviera que ver con ello; primero, con libros para niños que explicaban los movimientos, y luego, con gruesos tomos teóricos de danza y otros, aún más grandes, de historia sobre el ballet. Fue por una consecuencia de acontecimientos lógicos que el teatro Bolshoi había sido mi Meca durante todos esos años. Un lugar que, quisiera o no, algún día tendría que visitar. A mis primos no les hizo gracia que no asistiera al primer día de la presentación de los diseños de mi tía. Sin embargo, ella solo me hizo prometer que volvería para la cena formal a las siete de la tarde.

Mi tía era una diseñadora de vestuario que, después de escalar sin descanso para que sus creaciones fueran reconocidas, había logrado ser la confeccionista de los trajes de la candidata chilena a Miss Universo del año anterior. Lamentablemente solo quedó entre las diez finalistas. Aunque claro, estamos hablando de un concurso de políticos y potencias invirtiendo millones en cirugías, rediseño genético y un montón de otros tratamientos ultradolorosos. Sin embargo, el certamen fue un trampolín para el reconocimiento de su trabajo y la habían invitado a la semana de la moda de Nueva Moscú. El evento era tan importante que incluso la habían dejado llevar a su familia. Era uno de esos sueños que terminan muy rápido, del tipo que solo queda en fotos que muestras en reuniones y en redes sociales hasta que son reemplazadas por alguna otra novedad.

Pero volvamos a ese momento. Mientras caminaba calle abajo, escuchaba el crujido de mis huesos temblando desde la barbilla hasta las rótulas y una corriente eléctrica galopaba por mi columna como golpes de adrenalina. Era una sensación nueva gatillada en parte por el frío, en parte por la emoción de ver el ballet y, por último, porque estar sola en una ciudad de tal envergadura y densidad poblacional me ponía nerviosa y alerta.

Era temprano y supuse que cualquier taxista al que dijera "Bolshoi" o le mostrara el boleto entendería dónde ir. Mis pies se detuvieron en la esquina, saqué mi mano del bolsillo del chaleco, la levanté y esperé que algo se detuviera.

Esta es la parte donde todo comenzó a salir mal.

—¿Taksi? —escuché desde la calle. Un automóvil negro con techo amarillo y placa de identificación blanca se había estacionado con las balizas intermitentes frente a mis pies hundidos en la nieve.

—Yes, please —dije lentamente, modulando con la mandíbula inferior al tiempo que me acercaba a la puerta—. I need to go to the Bolshoi —acabé, mostrándole el panfleto del teatro central.

—Ah —dijo el chofer con la voz cargada en tono grave. Apenas podía verle la cara, ya que la cubría un gorro de lana negro y una bufanda verde musgo tapaba lo que parecía ser una papada—. Inostranets... Yeah, I show you, eh… you see Bolshoi. Pay money?

—Yes, cash —respondí, mostrándole mi billetera.

—On car, I show you —me dijo en ese inglés cavernícola marcado con el típico acento de la región. Al menos parecía haberme entendido.

Sentí a alguien acercarse entre la nieve. "Girl", escuché a aquella voz que emergía de entre las personas que también esperaban con los pies congelados. Seguramente llevaba más tiempo esperando el taxi y le había encabronado que yo me hubiera subido primero. "That's not the номера машины nomera mashiny", continuó apresurado. Pero yo ya estaba dentro del auto y no tengo idea de cómo leer cirílico u oír ruso.

—What hotel? —me preguntó el taxista.

A través del espejo retrovisor pude ver sus ojos por primera vez. Eran profundos como el fondo del mar, al punto de que no se podían ver sus pupilas:

—Metropol, is close to the theatre —dije.

—Ah, dorogoy… very expensive —comentó.

—I don't know —respondí. La voz semirusa me ponía nerviosa, así que decidí cortar la conversación y mirar a través de la ventana.

Estábamos bordeando la Plaza Roja, una explanada rodeada de historia, edificios y turistas. Mis ojos se posaron sobre la Catedral de San Basilio y luego el Kremlin, que se alzaba imponente sobre los fotógrafos novatos que no lograban captarlo plenamente.

Aquel lugar me provocaba admiración, miedo en la boca del estómago y escalofríos en la espalda, pero de alguna manera estos se sentían familiares. Poco después cruzamos el río. La estatua de un ángel, o una mujer de cabello corto, lentes y alas nos esperaba del otro lado del puente oxidado. Desde el taxi podía ver la ciudad, apreciarla, sentirla en mis huesos, era como visitar a un amigo lejano. Un amigo lejano desgastado, de apariencia miserable y mirada perdida, que guardaba tanto tristeza como magnificencia en sus sábanas.

Una vez cruzamos el puente me detuve a mirar los callejones, creo que me sentí más perdida de lo que estaba al salir del hotel. Los centenares de taxis amarillos parecían lunares entre las masas de autos deslizándose por las anchas carreteras. Un momento.

¿Taxis amarillos? Tuve un mal presentimiento. ¿Cuánto había pasado? Metí mi mano en el bolsillo de la chaqueta y saqué el celular, ¿veinte minutos? No, el Bolshoi estaba a diez minutos caminando del hotel. ¿Dónde estábamos? ¿Por qué cruzamos el río? No teníamos que cruzar el río, ¿en qué estado mental estaba para haberlo pasado por alto?

—Stop! —grité y el taxista apretó el freno con toda la suela de su zapato.

—What? —respondió.

—Bolshoi is not this way —dije con los ojos abiertos como platos. Estaba muriendo del susto. El taxi comenzó a desplazarse de nuevo.

—Don't understand —replicó el hombre con una sonrisa de oreja a oreja ¿No me entendía? ¿Qué lo hacía tener esa expresión? Desvié la mirada al taxímetro y lo entendí—. But you pay, I go Metropol Hotel.

Sus ojos reflejaban la luz de manera especial. Cómplices de sus intenciones, sonreían al saber que había logrado su cometido. El muy maldito me había estafado, jamás había tenido tanto pánico en mi vida.

Ese automóvil no era un taxi. Los taxis no eran negros como en Chile, eran amarillos, y sus placas también llevaban ese color. ¡Por supuesto! El hombre del paradero lo sabía. ¡Eso es lo que quería decirme! "номера машины", la placa del auto… no es correcta. Debí hacerle caso.

Espera un segundo, cerebro: ¿desde cuándo entiendes ruso? Una voz se descargó desde mi inconsciente: "La verdad no importa, ¡corre!".

—Mentirosa —me dijo el hombre y sacó el pie del freno para pegarlo al pedal del acelerador— turista de mierda, luego llamamos a los putos de tu familia y les pedimos el resto.

Grité con la garganta ahogada, traté de abrir la puerta, pero estaba sellada con seguro de niños, solo lograba hacer rechinar la avejentada manilla del Lada que ultra revolucionado avanzaba por las calles gruñendo y quemando la nieve con su tubo de escape.

Las lágrimas emergían a borbotones de mis ojos. Nos internábamos cada vez más en la ciudad y los ojos del secuestrador parecían desorbitarse mientras me miraba con ira a través del espejo. Los edificios se veían más decadentes, la pintura se iba descascarando con cada cuadra, la nieve de la calle saltaba sobre el parabrisas como una tormenta. Entonces reaccioné.

—Espera —dije, tragando saliva.

—No espero nada.

—¿Hablas español? Déjame bajar o llamo a la policía.

—¡Imposible! —gritó el hombre y volvió a detener el auto al seco. Esta vez el hielo hizo que se arrastrara varios metros en el pavimento. Lo vi desabrocharse el cinturón de seguridad, se dio la vuelta y me miró a los ojos. Yo solo pensé en darle vueltas a la manecilla de la ventana con una mano mientras él giraba su cuello fibroso hacia mí.

—Ese acento... ¿Tú eres rusa? Me engañaste, tú no vas al Metropol, de seguro eres otra puta fingiendo en el centro —dijo. En seguida se quitó el cinturón y torció el tronco. Sus ojos habían pasado de la confianza a la locura, sentí que sería capaz de hacerme lo que fuera.

—¿Cómo que rusa? —respondí desconcertada, pero al

verlo abalanzarse hacia al asiento trasero con un cuchillo, no pude más que gritar y empujarlo dando patadas hacia su cara con mis botas de goma. Sus ojos enrojecidos por la rabia no parecían responder a nada:

—¡Quédate quieta y págame! —me gritó al intentar sujetarme la pierna.

Seguí pateando con los ojos cerrados y sentí un par de cortes rozar mi piel dejando brotar sangre de los capilares, pero no podía soltarme. Sujeté mis brazos contra el marco de la ventana y me arrastré. Cuando el taxista logró tomar mis dos piernas y forzarme dentro del carro, yo ya tenía la mitad del cuerpo fuera de la ventana. Entonces me soltó de golpe. Sentí que regresaba a su asiento y encendía el motor. Entré en pánico y decidí saltar como pude hacia la calle. Caí en el cemento con la parte alta de mi espalda. El dolor era tan intenso que comencé a girar sobre el hielo. Sin embargo, al recordar que había un secuestrador que intentaba alcanzarme, toda sensación de malestar desapareció por los segundos suficientes para escapar.

Me levanté y corrí por los callejones seguida por el amargo sonido del motor y mi propia sombra, que quedaba impregnada en la nieve por las gotas de sangre que latían desde mi piel. Vi un bar deportivo con las puertas abiertas y sin pensarlo dos veces salté dentro, corrí hacia la barra y miré al barman, tratando de que una palabra saliera de mis pulmones. No pude más que llorar.

Nadie en el bar me notó, todos estaban congelados mirando la pantalla del televisor de caja que colgaba del estante copero. Los gritos de los hombres aplacaron tanto mis sollozos como la narración del comentarista deportivo. Vi las pequeñas figuras de los jugadores peleando por un balón que apenas alcanzaba a divisarse en la pantalla. "Claro", me dije, aún sin calmarme, "tenía que ser fútbol".

Rusia no llegaba tan lejos desde la guerra fría, así que

entendí por qué estaban tan exaltados. Fue el año dorado de Europa Oriental.

El barman, de cabello rubio como la nieve y que llevaba un cintillo blanco que exaltaba sus ya grandes orejas rojizas, me miró un segundo y me dijo algo en ruso. Yo negué con la cabeza y le respondí en inglés que no era de ahí, que necesitaba ayuda. Él simplemente encogió los hombros.

—No speak english, no help can —me dijo y giró la vista a la pantalla deportiva.

"¡¡¡Goooooooool!!!", gritaron todos los ebrios del bar al mismo tiempo y se empujaron a golpes de la emoción. "¡Gol de un ucraniano!", gritó una última voz entre la masa sudorosa.

El pequeño bar comenzó a temblar, uno de los fanáticos saltó sobre la mesa y se lanzó sobre otro gritando algo que no sé si era ruso o lenguas demoniacas. Tampoco entendía nada de lo que discutían o intentaban demostrar, pero sí podía verlos golpeándose como animales peligrosamente cerca.

Con un palo de escoba, el encargado los golpeaba desde atrás de su mesón mientras los vasos de vidrio se destruían entre los puñetazos. Entre el caos de la estampida, decidí escabullirme fuera gateando. La calle parecía mejor opción que aquella guerra civil.

Afuera había decenas de autos tocando sus bocinas, con banderas escabulléndose por sus ventanas. Quizá no le había tomado el peso a ese partido de fútbol. Eran los cuartos de final del mundial de Egipto. ¿Todo tiene que ser siempre al mismo tiempo?

"Quizá si consigo algún lugar con wifi pueda conectarme y ver un mapa", pensé y deslicé mi mano dentro del bolsillo de mi chaqueta. Pero nuevamente mi estómago se encogió. En los compartimientos de la casaca quedaban unas mentitas del avión que mi tía se había escondido. Mi celular lo tenía un taxista o quizá asesino serial en las calles del barrio bajo de Moscú.

—Rayos —murmuré y sentí un cosquilleo en la nariz. La rabia y el miedo se habían convertido en lágrimas que intentaba contener con los párpados inferiores.

Mi dinero y mi cartera habían quedado también en el asiento trasero del taxi. Entendí que estaba inevitablemente perdida y ni siquiera podría tomar el metro, preguntar o leer un mapa. "Las calles anchas llegan a la Plaza Roja", pensé, después de estar sentada un buen rato en la acera de la esquina de la calle Tagansky, justo frente a un restaurante de comida china que emitía el característico olor a fritura y tofu. "Al menos eso creo", me contesté como una loca, como si lo que decía tuviera algún sentido.

Entonces comencé a temblar. Mi espalda se sentía tibia y un dolor punzante marcaba justo la vértebra de las primeras costillas. Volvía a recordar el golpe contra la calzada de cemento. Mi cabeza, llena de adrenalina, se sentía pesada y las heridas de mis piernas empezaban a coagular. "No es bueno ver dos semáforos donde debería haber solo uno", pensé, tratando de centrar la vista y respirando profundamente.

Recordé que solo había sentido algo así una vez antes: estaba en el colegio y me llegó un pelotazo de vóleibol en la cara un día de 37.3 grados Celsius. Me sentía tan mal que la enfermera me envió al hospital y me desmayé en el camino… no es una buena idea.

Cerré los ojos y apoyé la sien sobre mis rodillas. Las bocinas de los autos, los gritos de los meseros asiáticos haciendo pedidos a mis espaldas, el metro bajo mis pies, las señoras vendiendo pirozhki en carros algo avejentados, todo el ruido desapareció abruptamente. Levanté la vista y vi la calle vacía. ¿Dónde había ido todo el mundo? Un Lada pequeño se aproximó desde una o dos cuadras. Era antiguo, pero parecía recién salido de la fábrica.

III

"Estoy muerta, morí y ahora soy un fantasma", pensé seriamente.

Los letreros roñosos, cuya pintura juré ver descascarada, se erguían a todo color sobre los edificios en bloque. Las manchas de óxido se notaban mucho menos roñosas... No estaba en el mismo lugar.

—Hey, Tatyana —escuché una voz gravísima detrás de mí. Quedé petrificada, no había ningún restaurante chino, sino una oficina con una estrella roja en la ventana, letras en cirílico y un hombre parado en el marco de la puerta abierta, con un par de rollos de tela blancos bajo el hombro, quien me miraba con impaciencia—. ¿Ya terminaste de trabajar?

—E... e... —comencé a tartamudear sin saber que contestar. El hombre resopló un segundo y entró sin nada más. En ese momento comencé a sentir un ardor en las manos: tenía un cigarrillo entre mis dedos y se había consumido hasta la colilla.

Lancé el filtro y chupé los nudillos para aliviar el dolor. Estaba totalmente desconcertada, todo era distinto: desde el olor del aire, como brasas o algo quemándose, quizá una fábrica, hasta el clima. De pronto hacía mucho más calor, si se puede decir eso de Nueva Moscú.

—Vamos, tiene que ser rápido, toma esto —escuché la voz de hombre nuevamente. Me entregaba un par de carteles en cirílico.

¿Están confundidos mientras leen esto? Imagínense cómo me sentía yo.

Aquel extraño parecía conocerme y, aunque suene im-

25

posible, yo estaba segura de conocerlo también. No me daba miedo seguirlo. De hecho, al verlo sentí confianza, su nombre resbalaba en la punta de mi lengua. ¿Qué más podía hacer? Quizá él era el único dispuesto a ayudarme.

—¿Adónde vamos? —abrí los ojos como platos, no podía recordar su nombre.

—¿Qué te pasa, muñequita? Si tienes miedo no vayas, no vamos a ser más de ocho personas. Al lugar de las calaveras.

—¿Por qué me dices muñequita?

—Tatyana, como quieras, vamos al Lobnoye Mesto, antes de que se corra la voz.

—Eh, judío —escuché otra voz, esta vez desde la calle.

Un hombre alto, con una boina y lentes cuadrados y enmarcados, nos esperaba de pie frente a una canaleta. El apellido de Viktor era Fainberg y quienes le tenían repudio o confianza solían llamarlo así.

—Konstantin —dije. A él sí que no lo había olvidado.

—A Tatyana le picó la mosca del pánico —dijo Viktor, sonriéndome—, pensé que eras más valiente.

—Solo mira todo —dijo Konstantin y replicó su sonrisa—, la causa parece un chiste. El Kremlin es un burdel y con todo el fiasco de Checoslovaquia… ya ni sé para qué perdemos el tiempo con esta farsa —dijo, encendiendo un cigarrillo del cual ya había inhalado la mitad. Después de soplar un par de veces el humo a través de sus pulmones, tomó un pedazo de tiza y apagó la colilla para más tarde—. Dejar a mi familia sola me da miedo, pero piénsalo, Tatyana, ¿hasta cuándo vamos a tolerar que estos cerdos se hagan pasar por guías de la causa comunista? No tienen nada de interés en el bien social, quieren más poder, quieren controlarnos, nos controlan. Comemos un pan que quiebra los dientes y se seca en la garganta y trabajamos años por televisores que se funden después de una semana por la pésima tecnología. Y estos asquerosos Lada que nos dan para movernos hasta las listas de provisiones que podemos conseguir. Stalin ya no está, eso no ha detenido a sus seguidores para abusar como quieran de los ideales. ¿Cuántas vidas se habrán perdido en experimentos nucleares y espaciales? Quizá no vivamos para saberlo. ¿Y Checoslovaquia? ¡Hay un pacto! La URSS (Unión de Repúblicas Socialistas Soviéticas) no iba a tocar esos países y mira lo que hacen, caer en la misma mierda imperialista que tanto criticaban. La libertad de Dubček es el comienzo de nuestra libertad. Vergüenza a los ocupadores, vergüenza a los que no condenan ese abuso.

—Está bien, ya salió tu chispa —dije—, iré.

Me tomé un momento para respirar y repasar. Sentía que conocía a estos sujetos de toda la vida, al cerrar los ojos las fechas aparecían ante mi... '67... '68... Sabía de qué hablaban, entendía su ruso como si fuera mi español. Quizá solo lo estaba soñado, si no estaba muerta o loca. De pronto los recuerdos comenzaban a aparecer tenuemente entre las últimas doce horas. Sentí algo pesado en mi chaqueta: era mi arma. Es decir, una pistola pequeña que al parecer siempre llevaba conmigo, pero nadie debía saberlo.

Nos subimos a una viejísima camioneta y nos deslizamos sobre las calles con poco tráfico. A lo lejos vi el Kremlin y sentí un nudo en el estómago, entre emoción, pánico y ganas de saltar del vehículo. Mientras, el sol ya casi se había desvanecido en el horizonte, el tono rojizo de la luz había cambiado a un fúnebre lila. Konstantin Babitsky bajó la marcha para estacionarse en un callejón aledaño a la fortaleza. A nuestra derecha, dos mujeres salieron de un edificio conversando en voz baja. Cuando cruzaron frente a la camioneta, pudimos escuchar que hablaban de la Primavera de Praga: "¿Entonces Dubček está encarcelado? ¡Pero es un compañero! No es posible, a menos que sea un espía americano". Me ardieron las orejas, miré a la mujer desde aquel asiento trasero y abrí la boca:

—¡Estados Unidos no es América! —dije con rabia—. ¡Y a Dubček lo encarcelaron por una injusticia!

La mujer no me contestó, tomó a su compañera de la mano y aceleró el paso para salir del callejón. Sentí que me sujetaban la chaqueta y me arrastraban dentro del vehículo.

—¿Estás loca? —me gritó Konstantin—. Nos van a denunciar y seremos nosotros los que acabemos en la cárcel. ¿Y de dónde sacaste esa estupidez de Estados Unidos? ¿A quién le importa que haya más países en América? No tienen nada que ver con nosotros.

—Cuba está en América —respondió Viktor en tono sarcástico—, Bolivia está en América, Argentina está en América.

—Chile está en América —dije en voz tenue.

—Bueno, ya no hay vuelta atrás —replicó Konstantin, sin bajarse aún de la carrocería. Parecía ser el más convencido de que estaban protestando a favor de la causa comunista; el resto de nosotros, según empezaba a creer, quería en realidad otra cosa.

Escuchamos una bocina ahogada tras nosotros, un automóvil roñoso se acercaba gruñendo como un burro herido. Cualquiera hubiera creído que un tanque se avecinaba, pero en realidad era una vieja citroneta que apenas frenaba. Larisa Bogoraz bajó del asiento del copiloto con una chaqueta negra que le cubría la cabeza y acomodó el respaldo hacia adelante para que los compañeros de la fila trasera se bajaran. Primero, Vladimir Dremliuga; segundo, Vadim Delaunay. Los poetas disidentes. Tras ellos, un hombre más bajo que el promedio, de cabello negro, ojos oscuros y una boina, se bajó del asiento del piloto.

—Hola, Pavel —murmuró Konstantin desde la ventana

de su camioneta.

—Shhh, no me llames así —advirtió el conductor asustado—, recuerda los nombres clave.

—No voy a ridiculizarte de esa manera, Inuit —dijo el compañero Konstantin Babitsky, con una sonrisa entre los ojos.

Un auto se acercó lentamente y todos nos helamos. ¿Nos habían descubierto? El conductor apagó el motor, se escucharon dos crujidos desde la máquina y una figura femenina se asomó con un montón de pancartas entre los brazos.

—Qué indignos —escuché la voz de la mujer, desde el interior del montón de chatarra. Era mayor que yo, tenía cara de intelectual, con sus lentes grandes y sus primeras marcas de expresión en el rostro. Natalya Yevgenyevna Gorbanevskaya, una poeta revolucionaria y traductora de polaco. Simpática, aunque a veces algo gritona y nerviosa. En el asiento trasero estaba su bebé.

—Hola, Natalya —dije, mientras trataba de retirar las pancartas de la maleta del automóvil.

—Tanya, Tanyusha, ¿estás segura de que te quieres meter en esto? —me respondió con una sonrisa—. Si dices que sí ahora, es en serio.

La verdad no sabía qué responder, no sabía si estaba soñando o me había vuelto loca o de verdad había muerto.

—Sí —dije finalmente.

Natalya sonrió de manera cínica, no confiaba en mí en lo absoluto, pero ya me habían metido en esto y no quedaba nada más por hacer. Además, tenía la esperanza de que nuestra hazaña fuera el inicio de una reacción en cadena de protestas por todo el país. Los otros intrépidos eran distintos, sentí que querían protegerme, pero ella creo que me quería de carnada. Cuando se dio media vuelta para seguir caminando, volví a sentir un temblor en el cuerpo, calor en la espalda y esa maldita certidumbre de estar perdiendo la conciencia.

IV

Por un segundo, un pestañeo volvió a poner mis pies en la nieve del siglo XXI. Respiré una bocanada de aire que llenó nuevamente mis pulmones, estaba nuevamente en el restaurant chino, con la cabeza entre las piernas y un dolor punzante en la sien y en las rodillas. Apenas podía distinguir el suelo, pues mi vista seguía nublada, enrojecida. "Lo peor es que estas cosas te pasen cuando estás sola", dije, rindiéndome a las lágrimas. Un timbre en mis oídos me mantenía alejada de la realidad, no sentía los autos pasar ni los pasos de los transeúntes frente a mí. Por un minuto, deseé volver al otro mundo, donde al menos no hacía tanto frío.

—Tatyana —escuché la voz de alguno de mis compañeros. Era lo único que sobresalía sobre aquel timbre chirriante en mis oídos.

No distinguía nada a mí alrededor, la gente me miraba y estaba segura de que sabían que me encontraba perdida. En ese momento no estaba segura si aún estaba en el hotel o en Chile durmiendo, o si había muerto o si me habían drogado, si era una revolucionaria en la URSS en 1970 o si era aquella joven de secundaria con pocas expectativas de su futuro.

Me levanté y comencé a caminar, nuevamente sin un rumbo más allá que la sensación de haber pasado por esas calles antes, hacía mucho tiempo.

—Tatyana —volví a escuchar. Se me puso la piel de gallina. Me di media vuelta para responder al llamado:

—¡No me llamo Tatyana, no me llamo Tatyana! Soy Gabriela, ¡no sé quién es ella!

No había nadie, y si lo había, su estado automático no le permitía mirarme.

Comencé a temblar, mis ojos no podían enfocar la calle, me sentía mareada, enferma, mis rodillas cedían al peso de mi cuerpo.

—Niña, ¿estás bien? —escuché antes de volver a ceder al sueño.

V

—Apresúrate —me gritó Viktor.

¿Cuánto tiempo había pasado desde que había perdido el conocimiento? Vi las espaldas de mis amigos en la oscuridad. Llevaban mochilas livianas y bolsas de lona de las que sobresalían tubos y banderas. Yo era la última del grupo y sentía el peso en mi espalda. Cruzamos los portones de la Plaza Roja escuchando los gemidos de los perros guardianes que rodeaban el sector. Entonces sentí un escalofrío en la espalda. "Linterna", dije en voz baja. Todos se agacharon y sobre nuestras cabezas vimos el reflejo de una luz enceguecedora. No nos estaban buscando a nosotros, pero con lo tenso que estaba el ambiente en la Unión Soviética europea, permanecían alertas a cualquier señal de desorden. Aquellos eran días difíciles. Según yo, todos los días en la Unión eran difíciles. Pocas veces teníamos más para comer que lo que lograba saciar nuestro estómago. Lo que indignaba, aunque no podíamos decirlo, era ver a los altos mandos, descendientes de Stalin, llenándose la boca con los derechos sociales y lo terrible del capitalismo, mientras dejaban a la gente morirse de frío en los inviernos siberianos.

Corrimos hacia el Lobnoye Mesto en cuanto dejamos de

oír ruidos de las patrullas. Como reloj, todos abrieron sus mochilas y sacaron brochas y lienzos en blanco. Yo abrí los que estaban listos, los pasé a Konstantin y a Pavel. Viktor comenzó a garabatear un último mensaje en el lienzo terso.

"¿Qué es eso?", escuchamos la voz de unos caminantes curiosos, que se detuvieron un minuto a mirar nuestra proeza. Una niña, un poco más lejos, gritó: "¡Mira, mamá!", pero la mujer que la acompañaba se limitó a tirarle el brazo con fuerza y alejarla de ahí.

—Dame el lienzo —dijo Natalya y tomó la punta de uno de los mensajes en lona. Decía "Свободу Дубчеку!" , podía leerlo fácilmente.

—¡Escuchen! —gritó Viktor—. Es momento de levantarnos, de decirle al mundo que esto está mal, de revelarnos contra un Estado peor que el de los zares, que nos hace creer que vivimos en eterno estado de guerra hacia el paraíso.

Pude escuchar un tintineo en su voz y verlo en sus ojos. Estaba asustado.

Ya estaban todos los carteles instalados y la bandera de Checoslovaquia alzada, nosotros con rostros descubiertos y el ladrido de los perros a la distancia. Viktor siguió gritando un buen rato. Aquellos espectadores menos prudentes se acercaban a ver el espectáculo completo (con arresto, si se daba la oportunidad), otros miraban a la distancia. Una corriente de aire frío se deslizó tras nuestras espaldas, entró en nuestros abrigos y nos puso la piel de gallina. La noche comenzaba a tomarse la plaza. Levanté la bandera más alto para que la gente pudiera mirarla. No los veía expresar aprobación alguna a nuestra causa, solo observaban.

Así pasaron los minutos. No pude contar tantos exactamente; mi madre había comprado de contrabando un barato reloj japonés en la frontera y me lo había regalado para mi cumpleaños 18. No tenía ni minutero ni segundero, así que solo estaba atenta a las horas.

—Bajen ahora mismo de ahí —escuchamos a un oficial. Los ladridos de los perros se aproximaban rápidamente. Sentí un empujón abrupto en la espalda que me hizo caer de rodillas. Era Natalya, quien me miraba fijamente y murmuraba "baja, ahora".

Miré a dos uniformados acercarse abruptamente al anfiteatro con sus cachiporras alzadas mientras otros dos detrás de ellos sostenían sus fusiles AK-47 listos para dispararnos. Viktor me miró una vez más en el suelo y me hizo un gesto. "Huye, ahora", moduló con los labios antes de recibir un golpe en la cabeza y desplomarse en el suelo. No podía moverme, veía a todos sangrar.

¿Cómo pudo terminar una niña aquí? Un taxista intentó secuestrarme y después violarme, tenía todos esos recuerdos encima. Estaba confundida. Comencé a llorar y sentí un tirón y luego un golpe en la espalda. Un soldado me miraba con el dedo en el gatillo de su arma.

—¿Dónde estoy? —pregunté en voz baja.

—No le haga nada, por favor —dijo Viktor, con una bota sobre la cara—, ella no vino con nosotros.

A Pavel y Konstantin les costó más pillarlos. Se lanzaron sobre ellos a casi veinte metros del sitio de protesta. Ninguno dejó de gritarles "criminales", "asesinos" y "traidores" hasta que hubieron sido inmovilizados. Sentí una suela apoyarse sobre mi espalda.

—Identifíquese —escuché.

—Tatyana Baeva —mi voz sonaba tan distinta, no podía acostumbrarme.

Eso no era verdad, me llamo Gabriela Huck, estaba casi totalmente segura de eso. De eso y del hecho de que tenía una pistola en el bolsillo. Podía matar al menos a uno y morir ahí, ser recordada u olvidada. También podía correr, o podía desentenderme de la situación. De cualquier forma, esto solo era un sueño y todas esas personas, fruto de mi imaginación.

—No, no tengo que estar aquí —dije, y deslicé mi cabeza al ver un reflejo de luz sobre la plataforma. Era mi pistola, se había caído de mi bolsillo con el empujón de Viktor, o quizá él la había hecho caer.

—En serio, no viene con nosotros —añadió Natalya y me miró con lástima—. Es demasiado joven, no lo hagan.

Viktor tenía dos líneas de sangre que coagulaban rápidamente en su rostro y se iban desquebrajando conforme caían sobre su frente. Me miró, quizá por última vez, y dijo:

—No podíamos dejar que tú fueras la heroína, muñeca, te queda mucho por vivir aún.

VI

Fue ahí cuando desperté. Tenía la cabeza en la nieve y un montón de ojos curiosos me rodeaban. Uno de ellos parecía ser un paramédico que se hallaba hincado al lado de mi cuerpo mientras me tomaba el pulso.

—¿Está bien, señorita? —preguntó. Sus ojos azules profundos sobresalían de su uniforme de invierno negro y gris.

—Dígamelo usted —respondí. En ese momento comencé a sentir un mareo intenso acompañado de una jaqueca repentina. Me tomé la cabeza con ambas manos mientras un sonido agudo, acompañado de un dolor punzante, se internaba en mi cráneo.

—Su oído está sangrando —dijo otro de los espectadores.

El médico levantó mi cabeza fuera de la nieve y sus manos quedaron manchadas con el agua enrojecida. Su colega me miraba desde lo que parecía ser una ambulancia. Sus

ojos negros estaban rodeados por una mascarilla y una gorra que me impidieron generar una imagen clara de él. No
entendía qué pasaba. Las siluetas se nublaron a mi alrededor, las voces también. Dejé de sentir los pies y el timbre en
mi oído se agudizó. Luego, todo se volvió negro.

Capítulo 2: Las noches se visten de rojo

"Si un héroe no le toma el peso a la responsabilidad que conllevan sus acciones, entonces tarde o temprano también se convierte en villano".

I

—Gabriela —escuché la voz de mi tía. Intenté responder, pero no salía suficiente aire de mis pulmones. Estaba demasiado cansada, mi cuerpo no respondía. Sin embargo, logré abrir los ojos lenta y agónicamente.

—Tía —gesticulé con los labios, ya que mi voz se había roto.

—Tiene inicio de hipotermia, además el tobillo inflamado, como si se hubiese caído muy fuerte —dijo el médico en inglés. No podía ver su rostro.

—Todo eso ya lo sabemos, doctor, a mí me interesa saber qué le pasó —respondió ella, quien dominaba el idioma de manera fluida—. ¿Qué le voy a decir a sus padres?

—Que tuvo un accidente, eso es lo que pasó —afirmó el médico a cargo, el doctor Marennikov—. Va a quedarse acá por lo menos dos días, no se preocupe, podrá disfrutar de la ciudad antes de irse.

—Ella no tuvo un accidente. Cuando no la encontramos, preguntamos a la policía. Ellos encontraron sus documentos tirados en un distrito al que una niña no debería ir sola.

—Revisamos y no hay signos de abuso sexual, probablemente solo le robaron los documentos.

—¡Cómo puede decir eso, no sabemos qué pasó! —replicó ella, con un nudo en la garganta.

—Es la ciudad más grande del país y una de las más grandes de Europa, señora. Hay mucha gente que se dedica a causar dolor.

Mi tía miró al doctor Marennikov con rabia, pero este no cambió su expresión, simplemente se limitó a decir:

—Debería cuidar a su sobrina con más esmero, no todos tienen la suerte de recuperar a sus niños después de que se pierden —y sin pretender continuar la conversación, se retiró de la habitación.

Una enfermera se acercó a mi tía con una tablilla de notas. No recuerdo su rostro, pero su voz era dulce. Petrova era su apellido.

—Revisamos su espalda y, efectivamente, están las cicatrices de una operación, pero la reestructuración no se vio afectada por la caída, por suerte. ¿Tiene información de lo que le pasó? Nos ayudaría mucho para el registro médico, pues no tiene ficha de antecedentes en el hospital.

—Cuando tenía seis años quedó sin movilidad en sus piernas debido a un accidente en un parque de diversiones para infantes. Tuvo cuatro operaciones y por milagro camina normalmente.

—Lo siento mucho —dijo la mujer y luego dio un vistazo al expediente que pendía de mi camilla—. Aún no entendemos cómo pudo escapar de lo que fuera que la perseguía con ese problema cervical —agregó la enfermera, articulando las palabras torpemente en inglés.

Me incomodaba que hablaran de mi accidente. Yo no lo recordaba, pero me daba escalofríos imaginar la silla de ruedas que había dejado atrás y le temía de manera patológica a los payasos y los parques temáticos.

—Hay una cosa más que quería preguntarle, señora —dijo la enfermera y tomó su teléfono—. Tengo un video de cuando encontraron a su sobrina en la calle.

—¿Y qué quiere preguntar? —mi tía cambió a un tono más tenue.

—¿Dónde aprendió su sobrina a hablar ruso? —señaló la cuidadora.

—Gabriela no habla ruso —respondió mi tía, cortante. Tenía razón.

—El paramédico que la atendió comenzó a hablarle sin saber que era extranjera, y a un grupo de Telegram nos llegó este mensaje, es una grabación.

Mi tía miró el aparato sin doblar el cuello. Escuché mi propia voz, diciendo cosas que, de alguna manera, entendía. "Déjenme volver, me necesitan", escuché mi voz, pero el grito ahogado de mi tía me hizo entender que en realidad dije: "Pozvol'te mne vernutsa", "menia sprashivayut" o precisa-mente "Позвольте мне вернуться, меня спрашивают".

El paramédico procedía a preguntarme en ruso si estaba bien; en el video se escuchaba el roce del viento contra el audífono, pero aun así se oía mi respuesta.

—S devushkoy vsyo v poryadke?

—Vy mne skazhite —se escuchaba, levemente, mi voz temblante.

—U neyo ujo krovit.

Me dio un escalofrío al recordar esas palabras, "su oído está sangrando".

Perdí el conocimiento de nuevo, pero solo por un par de horas.

$$II$$

15 de febrero de 2010, Nueva Moscú, Rusia.

Al segundo día, el hospital me derivó a un nuevo lugar, según instrucciones de nuestro seguro de viaje. La habitación 412 estaba abierta y la compartía con dos mujeres de avanzada edad: Slevana, cuyo cabello blanco le tapaba la mitad de la cara y quien sufría de una bronquitis crónica, y Kira, de facciones mongolas y con un alzhéimer evidente, a quien le habían diagnosticado un problema en los pies.

La delgada brecha generacional que las unía las había convertido en amigas y pasaban el día hablando de cosas del pasado. No podía dejar de pensar que las entendía, o que compartí esa época con ellas. Después de un rato me daba una jaqueca y volvía a mi mente la escena del Kremlin y el golpe del soviet sobre mi oreja izquierda.

—¿Te acuerdas de los Lada, Slevana? —preguntaba Kira todas las mañanas, después de la primera tableta. Muchas veces yo le respondía algo como "no son lo suficientemente silenciosos o rápidos", en un ruso fluido, aunque, con las horas, se iba desvaneciendo de mi mente.

—Qué extraño ver a una extranjera hablando tan bien —contestaba Slevana.

Cada día me costaba más entenderla por la mascarilla que cubría su cara y las flemas tapándole la garganta.

—Quizá no es extranjera —le respondía Kira.

Las noches eran terribles, los recuerdos venían a mi cabeza como relámpagos; a veces veía rostros nuevos, a veces sentía un dolor punzante. Solía despertar en medio de la noche para encontrarme con un hospital diferente, al que quizá Edgar Allan Poe acudía para inspirar sus novelas. La iluminación de seguridad era una luz roja tenue que hacía todo parecer más macabro. Jamás me levanté para ir al baño después de las siete de la tarde.

Lo único que escuchaba eran los lamentos de los enfermos, las máquinas tintineantes, los sonidos de las herramientas y los carritos de las enfermeras de turno que cruzaban los pasillos dejando un eco con sus tacones que golpeaba todas las paredes de la habitación. Las dos mujeres respiraban y roncaban estrepitosamente, aferrándose a una vida que no sabían si estaría ahí cuando despertaran.

III

La enfermera Petrova dejó de asistirme y en su lugar llegó Smirnova, una señora de edad madura, grasa sobre sus caderas y cicatrices en ambos brazos, que parecía sacada del campo de batalla. "Levántese", "relájese", "camine": era clara y fría para las instrucciones y no tenía un ápice de esperanza en su mirada.

Postrada en mi cama, me alegraba recibir la visita de mis primos, quienes me trajeron dos veces chocolates a escondidas para quitarme el sabor a arroz y papas. Si hay una comida que no soporto, hasta el día de hoy, son los acompañamientos; no veo algo peor que quitarle el sabor agregando cosas sin sabor.

Roberto era cuidadoso y me preguntaba si me sentía mejor, aunque hubiera ido a verme cinco horas antes. Era el más callado de mis primos. Tranquilo, solitario, de muy pocos amigos, sus ojos reflejaban su personalidad pasiva y junto a sus pómulos, algo caídos sobre su mandíbula, formaban una expresión tristona en su rostro. Era grande, no sé si 1,80 o 1,90 metros, su cabello castaño liso le tapaba los ojos y solían criticarle que imitaba a los vándalos y metaleros y que, aunque no hiciera nada, si estaba cerca de algún crimen, de seguro la Policía de la Fuerza del Pueblo (PFDP) lo encarcelaría. Sin embargo, siempre se preocupaba de facilitarle la vida a la gente, y desde pequeña siento un cariño especial por él.

Leonardo, su hermano y el primo mayor, era todo lo contrario. Siempre tenía un comentario, una broma o una historia que contar. Su voz era fuerte y alegre. Era de esas personas que sonríen hasta cuando están nerviosas. A sus dieciocho años se le habían marcado las líneas de expresión entre la nariz y los labios, además de las primeras patas de gallo alrededor de sus ojos negros. Siempre molestaba a mi tía por haberlo empujado a estudiar derecho, cuando a ella le iba muy bien como diseñadora.

—Entonces —me dijo Leonardo—, ¿no le dirás a tus primos cuál es tu secreto?

—No sé qué me pasa, desperté así, lo juro, quizá me volví loca —mentí, mientras me metía tres cuadros de chocolate dulce a la boca. Se derritieron lentamente liberando su sabor cremoso sobre mi lengua, era alegría masticable.

—Déjala tranquila —añadió Roberto.

—Deja preguntarle lo que quiera, Frankenstein —respondió Leonardo y Roberto le dio una patada desde su silla.

—Es ella la tiene que estar en esta cama y perderse todo el viaje por culpa de un taxista pedófilo, y a ti te importa que su contusión le haya dado superpoderes.

—Solo digo que es material de película —finalizó Leonardo y volvió al libro que llevaba en las manos—. Quizá en otra vida fuiste rusa, como esa gente que sabe tocar piano sin jamás haber tenido clases.

—Quizás —respondí, incrédula.

No fue fácil ser la novedad del hospital. Tuve que atravesar por una ronda de interrogaciones, peritajes y exámenes tanto neuronales como físicos que ya no puedo recordar en detalle. No era posible que pudiera hablar ruso, la única explicación que el doctor Marennikov pudo articular es que mi gusto por el ballet me había llevado a asimilar el idioma, pues "lo había escuchado toda la vida". Era un fenómeno de circo.

—Pero, efectivamente, tiene una contusión cerebral, quizá desbloqueó algo —intentó explicarme un día mi médico encargado.

En mi cabeza, la única respuesta podía estar en mi experiencia. Había algo que faltaba.

—Doctor, ¿puede traer la computadora que mis primos dejaron el otro día? —pregunté, en un ruso más oxidado.

Me miró unos segundos, se quedó en silencio, tomó el aparato y me lo entregó. Usando los últimos recuerdos que me quedaban frescos, comencé a googlear fechas, lugares y por supuesto, nombres.

Tatiana Baeva, su nombre había sido parcialmente borrado de los archivos históricos. Algunas fuentes la relacionaban con la demostración de la Plaza Roja de 1968. Mis dedos comenzaron a tipear y mis ojos se permearon en lágrimas.

Las fotos de Volodia, Konstantin, Viktor aparecieron en la robusta pantalla. Eran ellos, no inventos de mi cabeza. Leí con un nudo en la garganta el destino de cada uno de mis amigos: gulags, manicomios, cárceles, tortura y reeducación. Viktor tuvo uno de las condenas más terribles, siendo confinado al hospital psiquiátrico de una cárcel. Natalya y Pavel estaban viejos, aparecían en documentales sobre la

Unión Soviética y en libros sobre la vida en los campos de trabajo forzado. Tatyana, sin embargo, había sido liberada de ese destino, se había desligado a sí misma, argumentando que no recordaba lo que había pasado.

Mi mal presentimiento se convirtió en una realidad: no estaba loca. Pero si no lo estaba y había tomado una decisión mientras era Tatyana, entonces ¿habían cambiado las cosas? La manifestación completa había sido limitada a un episodio de vandalismo, a quienes les pregunté no sabían realmente sobre ella.

—Una pena —me dijo Slevana, ya mejor de su condición, cuando le mencioné lo que pasó—, pero esas cosas pasaban todo el tiempo cuando estábamos en guerra.

Kira lo recordaba distinto:

—Eh, eh —murmuró —, pero eso no fue lo que pasó, una mujer murió ahí, una niña que estaba manifestándose, no tendría más de veintidós años, la mataron por interponerse. Luego hicieron una estatua de ella en alguna esquina de la plaza, es el ángel de la última batalla —dijo. Se refería a Tanya.

Un shock cubrió mi mente. "La estatua...", murmuré en voz baja. Kira cerró los ojos, se quejó de su pie y volvió a preguntarme quién era. Estaba confundida por su enfermedad, o quizá más lúcida que el resto.

V

18 de febrero de 2010, 3:21 AM, Nueva Moscú, Rusia.

Desperté. Estaba sola en la habitación del hospital. Mi familia se encontraba en uno de los eventos de la semana e irían a buscarme temprano, con las primeras luces del alba. Kira había terminado su tratamiento y su cuidadora la había ido a buscar a media tarde. Slevana había empeorado y la habían vuelto a derivar a cuidados intensivos. Jamás volvería a ver a ninguna de las dos.

Los ruidos del pasillo se acallaron y un fuerte olor a madera quemada, quizá eucalipto, inundó la habitación. Vi la luz blanca que se deslizaba debajo de la entrada apagarse de pronto. Escuché una respiración entrecortada y un escalofrío recorrió mi cuerpo. Luego un golpe que venía de la puerta. Esta no se abrió. Mi pulso acelerado parecía querer salirse de mi pecho.

Otro golpe, como el sonido de una patada, hizo desviar mi atención hacia el baño, cuya entrada estaba entreabierta.

—Gabriela —escuché. Era una voz metálica y aguda.

Otro golpe. Esta vez, en la cama. Sentí la vibración hasta mi cabeza. No podía gritar, el pánico me había paralizado. "Estoy durmiendo, estoy durmiendo, estoy durmiendo" me mentí a mí misma.

Cuando al fin pude enfocar mi visión en la oscuridad, noté una silueta apoyada contra la pared que miraba a mi cama. El tono rojo de la luminaria de emergencia se posaba sobre sus vértices. Mientras más lo veía, más podía notar sus detalles: era un hombre alto, de ojos blancos y rasgos delgados, con una soga en la mano. Estaba seguro de haberlo visto antes en algún lugar.

Parpadeé. Había desaparecido. Chillé como un puerco a punto de ser faenado y me recubrí con la sábana, la mejor defensa anti fantasmas. Entonces, sentí un cosquilleo en mi hombro. El ser estaba posado al lado de mi cama. "Justicia", dijo y se abalanzó sobre mí. Yo salté fuera del catre, reaccioné y me levanté para correr. Tiré la mesa de las medicinas contra él, pero de un salto logró atraparme. Tomó la soga y la apretó contra mi cuello. "Justicia", dijo nuevamente. El dolor era insoportable y comenzaba a perder el conocimiento. Una figura vino a mi mente, una marca, un círculo con dos flechas. Perdí el conocimiento de a poco mientras sentía que mi cabeza estaba a punto de explotar.

La luz se encendió.

—¡Mierda! —escuché.

No podía levantarme. Me sentía agotada, mi cuerpo pesaba dos o tres veces más. Levanté la vista y la vi, era la enfermera Petrova y quien fuera que había ido a buscarme, ya no estaba.

—Casi te perdemos, por suerte ya estaba desapareciendo, no alcanzó a informarle a nadie quién eres.

—¿Qué pasó? —dije, aún temblando.

—Huck —respondió sin acercarse—. Soy yo, pero, pero no me queda mucho tiempo, así que escucha. Tienes que olvidar, mientras más recuerdes lo que pasó, más vendrán a buscarte. Olvídate de mí, de lo que pasó en la Plaza Roja, de que sabes hablar ruso. Tus recuerdos los hacen fuertes. No digas nada, borra sus huellas.

—¿Quién es usted? —pregunté, con dos lágrimas finas.

Giré los ojos hacia mi velador, para ver si podía alcanzar el teléfono que mi tía había dejado en caso de emergencias. Pero la pantalla estaba errática, se apagaba y se encendía repetidas veces por minuto. No era momento para preguntarme si algo raro le pasaba.

—Ya no soy nadie —sonrió toscamente. Sus ojos eran celeste claros, pero comenzaban a apagarse.

Su imagen, antes nítida, se parecía ahora a la de un canal mal sintonizado: sus bordes saltaban como la imagen de un televisor con problemas de intermitencia.

—Están borrándome al fin, podré descansar —añadió al ver sus manos desvanecerse.

Luego volvió a mirarme. No sabía quién era ni qué quería y ya no podía recordar si alguna vez había sido realmente mi enfermera o si solo lo estaba imaginando.

—Inevitablemente te van a encontrar de nuevo. Yo te mataría también, pero ya no soy como ellos. Y la verdad, tú eres distinta a los otros. Cuida esa ambición y no destruyas todo. Duerme con la luz encendida siempre que puedas, te da más movilidad. Y olvida, ya llegará tu tiempo.

Frente a mí, la imagen terminó de borrarse.

Ahí, el teléfono satelital hizo un ruido notificando que se estaba volviendo a encender. Ya no podía más. Si decía algo, me dejarían encerrada de por vida en un loquero. La magia no existía, solo la charlatanería y la locura. Quizá lo mejor que podía hacer era olvidar, pensar en Nueva Moscú como un sueño, jamás volver. No decirle nada a nadie y esperar a que eso no volviera a ocurrir jamás. Como recuerdo, guardé la pulsera que registraba mi número de paciente. Nunca más volvería a terminar en el hospital por tratar de decir la verdad.

Mi silencio duró, nada más y nada menos, que cinco años.

Capítulo 3: Sphenopalatine ganglioneuralgia

"El primer paso para el viaje en el tiempo es la invención, la medición y la noción del tiempo. Solo nosotros los humanos entendemos el futuro lejano y la muerte, y por eso podemos temerles".

I

Domingo 8 de marzo de 2015, Santiago de Chile.

Eran casi las nueve de la noche y mi reemplazo aún no llegaba.

Había horas en que el aeropuerto colapsaba, pero en ese momento estaba silencioso, tranquilo. Los cajeros y reponedores con los que compartía el pasillo respiraban pasivos y sus pasos eran acallados por las notificaciones de vuelos en español, chino e inglés.

Estaba cansada, pues mi turno había comenzado diez horas antes y ya casi no podía mantener los ojos abiertos. Frente a mí estaban los dos guardias del turno, armados con una escopeta cada uno, mirándome y levantando el gatillo de manera burlesca cada vez que yo dejaba de sonreír o estar derecha. Entre ellos murmuraban un par de chismes y volvían a estallar en risas.

Oí desde la distancia pasos retumbando contra la cerámica del piso, creando un eco metálico mientras se acrecentaban en ritmo e intensidad.

—¡Gracias por esperarme, Huck! —me gritó Julia, poniendo su mochila sobre el mostrador.

Parecía que había estado corriendo varias horas, llevaba el labial rojo opaco, corrido, y sus ojos enrojecidos, inyectados en sangre.

—No te preocupes —respondí y me quité el delantal y la gorra de mi uniforme de la tienda de recuerdos mientras ella, con una destreza increíble, se acomodaba el suyo, vigilando que no viniera el inspector de piso y sonriendo pícara a los guardias que sujetaban con fuerza sus fusiles, con gesto de desaprobación.

Julia era más delgada que yo y tenía el cabello azulado; el mes pasado lo había lucido rojo, pero acabó extinguiéndose con el sol del verano. La verdad es que no tenía idea de cuál era su color natural. Sus ojos posaban alegres y amarillos por sobre sus mejillas marcadas por margaritas en ambos lados de la cara. Sus dientes eran inquietantemente blancos y se encargaba de mostrarlos al mundo cuando surgía la oportunidad. Solía hablar fuerte y con la manía de modular las "M" y las "P" con los labios entreabiertos, por lo que a menudo le preguntaban de dónde era su acento. Era reconocida en todo el aeropuerto por tratar de excusarse del trabajo en cualquier situación y día del año.

En realidad, Julia no necesitaba trabajar. Pero sus padres, ambos políticos influyentes en el partido del presidente, creyeron que le daría carácter y hablaron con el encargado del aeropuerto para que su hija mimada entendiera "el verdadero trabajo", el de la gente del pueblo.

A ella no le molestaba la idea, pues se veía más rebelde de lo que en realidad era. Sin embargo, un empleo interfería con sus planes: quería ser actriz y ese verano tenía audiciones que le tomaban horas extras de su turno. Venía de una de ellas.

Levanté la cabeza y la vi por un segundo intentando encajar el uniforme. Solo pude soltar una carcajada que produjo eco en las paredes metálicas de la terminal.

—¿Qué turno tienes mañana? —me preguntó.

—El de las doce —respondí con la voz rasposa.

—Ok, déjame conseguir un reemplazo —dijo al acomodarse el cinturón—. No aparezcas ni de casualidad.

II

Tenía hambre acumulada, bajé por las escaleras mecánicas que siempre estaban en reparación, atravesé el pasillo con los diez counters del edificio principal y llegué a la máquina expendedora. Quería comprar un turrón de chocolate o un Súper 8, pero tanto el chocolate como el sucedáneo de manteca —con el que se hacían las réplicas de chocolate— estaban en escasez y no podía pagar nada con los cinco mil pesos que tenía en el bolsillo. En su lugar saqué un jugo y unas galletas de mantequilla con ese dinero.

El ruido que hacían al abrir rascaba mis oídos, pero el dulce derritiéndose en mi boca me relajaba. Me detuve varios metros antes de la salida que daba al paradero del bus de traslado, que llevaba a todos los trabajadores desde el avejentado aeropuerto al centro de la ciudad. Desde ahí tenía que esperar uno de los buses amarillos que me acercaban a mi destino final.

Entonces me di cuenta de que estaba sola. No había guardias, ni milicianos, ni pasajeros ni automóviles dejando a empresarios o funcionarios políticos trasnochados. El ruido de los parlantes informativos había sido reemplazado por una tenue estática, la luz de la calle y del edificio comenzó a tintinear.

Sentí un escalofrío familiar en la espalda, un mal presentimiento. Tomé mi teléfono satelital para preguntarle a Julia si había alguien adentro y si veía lo mismo que yo, pero la pantalla estaba interrumpida. Caminé hacia la salida y llegué al pasillo del estacionamiento donde debía tomar el bus interurbano. En ese momento, todas las luces se apagaron.

—Gabriela —escuché y giré la mirada con el rabillo de mi ojo izquierdo. Estaba angustiada, sentí algo sujetándome la espalda. Era un hombre de cabello negro, traje y corbata, piel grisácea y ojos castaños oscuros, tan profundos que apenas podía distinguir sus pupilas.

—¡Ah! —grité e intenté salir corriendo. Vi un bus acercarse a tomar pasajeros, pero el hombre se me adelantó y cruzó mi camino.

—No queremos hacerte daño —dijo y levantó ambas manos—, sabemos lo que pasó en Nueva Moscú, ellos vienen por vos.

No pude responder.

—No tenés que confiar en mí, solo escucháme —dijo, sosteniendo con fuerza mis hombros—. Hace seis años fuiste a la Moscú de los '60. Estabas ahí, pero no eras vos. Tomaste una decisión que cambió parte de la historia. No fue la primera ni la última vez que tenías esos sueños extraños, pero esta vez cambiaste las cosas, esta vez estabas despierta. ¿Cómo lo sé? Porque iniciaste una alerta, fuimos a buscarte al hospital pero ya era tarde. Te están buscando porque eres parte de un selectivo grupo, "el enemigo más poderoso de la humanidad".

Me mantuve en silencio, con una angustia que sujetaba mi garganta como si hubiera tragado una pelota de bádminton.

—Bueno —vociferó y exhaló con alivio, quizá porque yo no había podido salir corriendo—, esto salió mejor de lo que esperaba. ¡Ah! Tengo una pregunta para vos, ¿tu celular tiene señal? Debiese haber vuelto —dijo, mientras esbozaba una sonrisa.

Tomé el aparato desde el bolsillo de mi pantalón, me detuve un par de segundos, ¿y si era un ladrón y quería que se lo entregara?, ¿era todo esto un montaje?

—Si quieres mi teléfono o mi billetera… pudiste haberlo

pedido sin el discurso.

—Probablemente ya lo tenemos registrado, pero gracias —respondió, sin quitar la mueca de su rostro.

—No es primera vez que me asaltan —balbuceé, mientras extendía el pequeño aparato con diseño de ostra.

—¿Asaltarte? Solo quería saber si recibiste el mensaje —soltó una carcajada.

Me ruboricé y encogí el brazo para mirar el móvil. Tenía la batería muy gastada, como si llevara varios días encendido, y una casilla de correo destacaba en la pantalla.

—Sí —corté.

—Entonces, nos veremos cuando llegue el momento —dijo con una sonrisa.

—Espera, no, ¿tu nombre?, ¿verme con quién?, ¿y ellos?

—Diego Carmozil, o al menos eso creo. No es necesario que responda la segunda y ellos son quienes te dejaron en silla de ruedas cuando eras pequeña.

Estaba congelada. El pavor recorría desde la punta de mi cabello hasta aquel inútil dedo meñique del pie. Tocó mi frente y sentí una flecha congelada atravesar mi cabeza, como si hubiera tragado el helado más frío del mundo o hubiera intentado cruzar una ola en el ártico. Tal y como había ocurrido con la enfermera hacía seis años, el hombre se desvaneció intermitentemente, como si hubiera sido absorbido por los faroles de la calle. Tras él quedó un extraño aroma, una mezcla de eucalipto quemado y tierra húmeda.

Por si se lo preguntaron, el mensaje decía: "Cuando se levante el muro, caerá el delta. La historia intransitable marca el camino. Yo te encontraré, siempre lo hago".

"No tiene sentido", pensé. Pero un tipo había desaparecido frente a mí y, si no estaba volviéndome loca, podría resolver lo que había pasado en Moscú.

```
delta.
Del gr. δέλτα délta.
1. f. Cuarta letra del alfabeto griego (Δ,
δ), que corresponde a la d del latino.
2. f. Mat. Símbolo (Δ, δ) de la diferencia
entre dos valores próximos de una magnitud.
3. m. Terreno comprendido entre los brazos de
un río en su desembocadura.
```

No tenía sentido alguno.

III

21 de octubre de 1895, en algún lugar del canal Beagle.

Unas gotas de agua golpearon mi cara. Desperté. Todo estaba oscuro, mi esposo no estaba a mi lado y mi niño lloraba. El barco se mecía muy fuerte y su cuna comenzaba a deslizarse hacia nuestra litera.

—Jake —dije en voz baja, y luego volví a repetirlo más fuerte—. ¡Jake!

Me senté en la cama y mis pies se helaron. A pesar de la oscuridad, pude notar una delgada capa de agua escurrir entre las vetas del suelo. Tomé a Benjamin en mis brazos y lo acurruqué contra mi pecho anhelando que dejara de llorar. El sonido metálico de la barcaza crujía en el fondo y la lluvia golpeaba con fuerza la claraboya.

—¡Lizzie! —escuché la voz de Jake. Mi esposo entró empapado a la habitación con sus lentes nublados por pequeñas gotas de la tormenta y una expresión nerviosa.

—Honey, what's going on? —le pregunté con la voz entrecortada.

—Don't worry. Just, just get up and let's go to the hall —dijo y me abrazó. ¿Por qué quería ir al salón principal?

Entonces sentí el primer golpe, la nave a vapor se estremeció y vibró mientras la proa se hundía en una masa de agua. Nuestra ventana se convertía en el límite con el lecho marino. Todo se oscureció hasta que el barco reflotó sobre las olas. Por unos segundos perdí el control sobre mis piernas y casi caigo al suelo con mi bebé entre los brazos.

—¿Me vas a decir qué está pasando? —le dije.

Él no respondió. Miró alrededor, abrió el cofre con nuestras pertenencias y sacó algunas joyas y artefactos de oro que escondió en sus bolsillos. Luego se agachó a recoger mis pendientes, que habían caído de la mesita de noche con el brusco movimiento.

—Es una tormenta, jamás había visto olas tan grandes. Pero estos barcos son seguros, créeme. Solo hay que movernos donde las cosas no caigan —dijo finalmente. Miró la escalera y tomó a Ben de entre mis brazos. El niño ya había dejado de gritar, pero aún respiraba entrecortado.

Jake no acostumbraba mentirme, pero quizás prefirió evitar preocuparme de más. Me puse mi abrigo marrón junto a unos zapatos livianos y lo seguí.

Entonces se escuchó el segundo estruendo. Toda la planta estaba cubierta de humo con olor a carbón. Mi esposo liberó un brazo y me dio la mano para guiarme. Los otros pasajeros también comenzaban a salir de sus camarotes. Por el pasillo corría un riachuelo de agua marina. Jamás había visto algo parecido.

Un tercer estruendo y esta vez la nave metálica se inclinó preocupantemente hacia babor. Estábamos de espaldas a la pared, sentí el agua mojar mi abrigo y mi cuello. El regreso a posición vertical fue brusco, como si el barco hubiera caído de altura. Se sumergió en las heladas aguas del Océano Pacífico y estas ingresaron a través de la escotilla que daba a cubierta. Un hombre cayó con la masa de espuma marina y quedó de espaldas al suelo, tratando de respirar. Fue en ese instante cuando el crucero a vapor comenzó a ascender y estabilizarse de nuevo.

—Go! Go! —escuché las voces de los marinos que corrían hacia la caldera del barco a vapor.

—Jake, mírame —le dije, seria, y puse mis dos manos sobre sus mejillas—, ¿vamos a llegar a Valparaíso?

Sus ojos se cristalizaron, su cara se desfiguró y una pequeña contracción atrapó sus lágrimas.

—Mister Garden —lo interrumpió uno de los marinos—, es mejor que no salga, ya perdimos diez hombres con la última ola. Cubrió el nivel superior del barco, señor. Voy a cerrar el paso.

—¿Y quieres que nos ahoguemos acá abajo? ¡Qué clase de solución es esa! —le respondió mi marido—. Ya pasamos el Estrecho de Magallanes, ya atravesamos todos esos cruces de la muerte, hasta Cape Horn, ¡mierda! —continuó.

—Jake, the engines are damaged —le dijo Josh, otro de los tripulantes y amigo de mi esposo de Liverpool. Su cara estaba enrojecida por el calor y tenía las cejas quemadas. No estaba segura si estaba cubierto por agua o por sudor.

—¿Qué les pasó a los ingenieros del barco? —preguntó mi esposo. Su barbilla temblaba y sostenía a su hijo con fuerza.

—Hubo una explosión, solo algunos logramos salir.

—¿Qué están esperando? —murmuró Tucker, el jefe de máquinas—. Preparen un par de botes.

Mientras arrastraba el humo de su chaqueta, comenzó a trepar la escalera resbaladiza y abrió la escotilla para dejar entrar un río de agua salada. No alertaron a los pasajeros, que caminaban en grupos hacia el hall principal, en pijamas y con un quejido en la garganta, pero en general sin miedo en los ojos.

—No subamos —me dijo Jake al oído—, no hasta que las olas cedan un poco. Hay que ir al hall, pues los botes no sobrevivirán si el barco no lo hace —agregó y tomó el chaleco blanco de una caja de madera con el nombre "Copernicus / Lamport & Holt Line" que se había dispuesto ahí hace unas horas.

Escuchamos gritos en el nivel inferior, un golpeteo metálico los acompañaba y bajo mis pies, la vibración de un objeto contundente que intentaba llamar nuestra atención a través del piso recubierto de madera.

—¿Son gritos humanos? —pregunté.

—Eh, supongo que siempre se cuelan familias en la bodega. Quizás se subieron en Liverpool, Nueva York, Mar del Plata o quizás en Punta Arenas —respondió el joven asistente de máquinas—. La puerta de la bodega está bloqueada para que ningún pasajero pueda robar la carga.

—Pobre gente —murmuré con un nudo en la garganta—, tienen que sacarlos de ahí.

—Querida, no podemos hacer nada —dijo Jake, sujetándome el brazo para que no me moviera.

Escuchamos un golpe y el agua dejó de entrar. Luego, el sonido del metal y los recubrimientos de madera crujiendo silenciaron los nervios de la cabina. Las lámparas y candelabros de los pasillos se inclinaron pues el barco intentaba trepar por una ola. Sentí la presión, la gravedad me arrastraba hacia el interior de la nave. Resbalé y caí sobre la baranda de la pared. Mis pies colgaban hacia el vacío y miré con horror hacia el extremo superior del pasillo mientras mis zapatos de terciopelo azul caían y se perdían en el fondo. Jake se había sujetado con los pies mientras sostenía a su primogénito con fuerza entre su pecho y su barbilla. La caída fue estrepitosa, el barco se hundió con fuerza y el estruendo se volvió insoportable. Mis ojos quedaron fijos en la inscripción del salvavidas, "Copernicus".

Entonces desperté.

Estaba sudando, temblando, encendí la luz y corrí al baño a buscar agua. Me miré al espejo, ahí estaba mi rostro, un rostro de cabello oscuro y cabeza redonda. Sentí una puntada en el costado de la sien como si me hubieran insertado una aguja. Un flash volvió a mi cabeza. "Copernicus" pensé, mirando con detenimiento mi reflejo. Luego volví a la habitación, abrí uno de mis libros de historia y encendí la computadora.

"Barco a vapor Copernicus, Lampert and Holt", escribí en el buscador del aparato. Comencé a temblar. "Estado: desaparecido", decía el sitio web dedicado a los naufragios del Estrecho de Magallanes. Un barco de carga inglés que importaba carne argentina. Había salido de Nueva York en 1895, aparcado en Punta Arenas y perdido por siempre junto a su tripulación. No había registro de los pasajeros, de los fallecidos, de la razón de su supuesto hundimiento, solo un aproximado de las toneladas que llevaba como carga.

Una lágrima corrió por mi mejilla, tenía que volver, volver y…. y salvar a Benjamin y a Jake y a todos a quienes pudiera. Tomé un cuaderno, luego busqué información de sobrevivencia, coordenadas y clima de 1895. La jaqueca volvió a agobiarme y me recosté en la cama con un vaso de agua en la mano, sentí el vaso caer al suelo y el dolor me hizo sucumbir.

V

21 de octubre de 1895,
en algún lugar del archipiélago del sur de Chile.

Una mujer cayó y fue aplastada por los más de 15 individuos que se precipitaban a la puerta por aquel estrecho y oscuro pasillo. El bebé lloraba incontrolablemente. Todo se había salido de control.

Una bocina de mano nos aturdió en masa.

—Escuchen, se ordena que los pasajeros se dirijan al hall y amarren sus chalecos, subiremos a cubierta solo de ser necesario. Es improbable que un barco de estas características ceda a una tormenta, hay menos accidentes en naves a vapor que en carruajes —dijo Tucker, ejerciendo su autoridad provisional.

Seguí sus instrucciones, pero cuando nos preparábamos para movernos a otra ala del trozo de acero que nos transportaba, comencé a sentir nuevamente la inclinación hacia la popa y un escalofrío recorrió todo mi cuerpo. "Tenemos que correr hacia la punta", pensé, o al menos eso creí. En mi mente, o en la mezcla de la mente de esta mujer y la de Gabriela, había imágenes de naufragios, la etiqueta de desaparecidos sobre nosotros.

—Jacob, hay que correr, se va a hundir, el hall es lo primero que se va a inundar. Estamos relativamente cerca de alguna costa, podemos saltar y tratar de encontrarla y...

—De qué hablas, Lizzie, en el hall podemos esperar sin que nada nos caiga encima.

Se escuchó un tiro en uno de los camarotes. Un hombre viejo, con un pijama azul marino, se había disparado en la cabeza. Lancé un grito, Jake me sostuvo, la gente que aún quedaba en los cubículos corrió desesperada.

—Jake, tú ingenias motores barcos, conoces este lugar

de memoria. Mírame, dime cómo podemos salir de aquí —
le dije, mirándolo profundamente a los ojos.

Mi esposo cerró los ojos y emitió un quejido de angustia, luego me besó con fuerza e hizo una mueca con la barbilla.

—Voy a amarrar a Ben a un salvavidas, lo colgaré en mi espalda. Vamos a abrir la puerta de la bodega, luego subir a buscar a Josh al hall —razonó rápidamente.

—Tenemos que tomar un bote salvavidas y subirnos cuando el barco esté bajando de una ola. Nos vamos a amarrar al bote porque si se da vuelta podemos mantenernos a flote.

—¿Desde cuándo sabes de supervivencia y naufragios? —dijo serio mientras caminaba hacia la escalera que se extendía hacia el nivel inferior, la bodega.

—Es instinto —respondí cortante y lo seguí.

Escuchamos tres nuevos disparos, venían de la bodega. Jake ya había llegado a la escotilla e intentaba retirar el candado que bloqueaba la cerradura con un fierro que había cerca.

—No funciona —gruñó mientras pujaba sin éxito.

—¡Jake, Lizzie! —gritó Josh desde el nivel superior—. ¿Qué rayos hacen? Hay que ir al hall.

—Josh —respondí con la garganta entrecortada y esuché el pesado cuerpo del ingeniero aplastar los peldaños y chapotear con sus zapatos de trabajo.

Al ver a Jake intentando abrir la puerta, Josh no preguntó más y se precipitó a ayudarlo. Escuchamos el crujido de la cerradura y, como un atisbo de esperanza, sonreímos instintivamente. Detrás de la gruesa barrera metálica, las personas nos habían oído y golpeaban erráticamente el muro.

"Crack", escuchamos nuevamente. El candado parecía haber cedido. Jake tomó su pistola y disparó dos veces contra la cerradura, entonces esta se desacopló y pudimos mover la traba de hierro. Una cascada de agua comenzó a inundar la cámara y un par de latas flotaron hacia mis pies.

Ben lanzó un grito de pánico. A pesar de que no veía a las fúnebres figuras que se arrastraron fuera de la bodega, estoy segura de que pudo sentir el pánico a través de mi pecho. Una madre, dos niños y una pareja joven salieron de la oscura habitación. Estaban famélicos, salpicados en sangre y con la piel grisácea por la falta de luz y arrugada por la humedad. El frío de los congeladores de carne se había inyectado en su piel, por lo que parecían muertos en vida. Detrás dejaban tres cadáveres, un padre y otros dos pequeños niños que seguramente fueron víctimas de la desesperación de su progenitor.

Logramos adentrarnos nuevamente entre los camarotes y subimos hacia el comedor principal. En el camino, tres pasajeros nos vieron cambiar el rumbo y nos siguieron: una dama y dos muchachos de alrededor de dieciséis años que no dijeron una palabra en todo el camino, aunque sus rostros de terror parecían gritar en el pánico.

Solo faltaba encontrar el paso hacia cubierta y alcanzar un bote salvavidas mientras el barco aún se mantenía a flote. Las sillas y mesas se habían deslizado bruscamente y un par de lámparas se mantenían tintineando, mientras intentaban sobrevivir a la ira de Neptuno, quien parecía querer borrarnos de la faz de la tierra.

El crucero comenzó a escalar una nueva ola, el agua se deslizaba hacia atrás y busqué algo de lo que pudiera sujetarme. "Se va a hundir", pensé. "Vamos, Gabriela, sálvalos", me dije. Efectivamente, esta vez estaba en control. Miré a Ben y a Jake, los adoraba, Elizabeth me hacía adorarlos, pero era yo quien estaba tomando las decisiones. Tenía frío, mis dedos temblaban, mi corazón quería salir de mi pecho y la nave a vapor se elevaba a su destino.

En esa última caída, sentí cómo el metal que recubría el Copernicus se rasgaba como una cometa de papel contra las ramas de un árbol. Miré la salida y al fondo, un bote salvavidas aún atado pero remecido por la tormenta. Apenas pude mantenerme en pie, hice un gesto a Jake y comencé a correr lo más rápido que pude hacia la puerta.

Sentía mis pies descalzos punzados por los escombros de vidrio que habían quedado de la loza, pero seguí corriendo, cojeando mientras Jake trataba de alcanzarme "Lizzie, no, Lizzie", dijo con voz autoritaria. Volteé la mirada y vi que, además de mi esposo, solo Josh, la pareja y uno de los dos jóvenes nos seguían a cubierta.

Mis pisadas marcaban mi camino en rojo escarlata y la lluvia lo borraba. Me lancé sobre el bote de madera blanco e intenté enderezarlo, pero era demasiado pesado. El barco se estaba hundiendo, pero la proa aún se sostenía a flote.

Josh y los otros pasajeros voltearon el casco con dificultad mientras la tormenta nos enceguecía con la cascada de lluvia sobre nuestros ojos.

—No te puedo asegurar que salgamos vivos —me dijo, sin despegar su vista de mi cara enrojecida.

—Pero estaremos juntos —respondí—, hasta el final.

—Hasta el final —aseguró y me besó con todas sus fuerzas.

Los hombres tomaron los remos, los paquetes que se habían caído y las cuerdas. Soltaron las amarras e intentaron acercarse a estribor, pero el bote era demasiado pesado para arrastrarlo entre hombres exhaustos. La lluvia, sin embargo, había creado una capa de flotación que permitió deslizar el casco varios centímetros por minuto, aprovechando los vaivenes, las olas que se iban tragando el Copernicus y la popa que comenzaba a elevarse.

—¿Qué hacen? —escuchamos la voz de uno de los tripulantes que aún se mantenía firme en la cabina de mando—. ¿Están locos?

—Soy Jacob Garden, estamos tomando este bote —dijo Jake, gritando para que su voz se extendiera a través de la lluvia—. La proa ya comenzó a bajar, no queda mucho tiempo.

El tripulante entró a la cabina sin responder y yo me senté en una caja con Ben en mis brazos, estaba congelado y gemía levemente entre llantos. Mis pies me quemaban, por lo que me detuve un momento a verlos; aún tenía un trozo del área de un dedal enterrado en la planta. Cerré los ojos y al sacarlo pude ver un chorro de sangre saltar al piso. Jake se puso blanco y dejó de pujar para amarrar un torniquete sobre la herida. Entonces el barco volvió a inclinarse y el bote salvavidas logró llegar al borde de estribor.

—Esperen —escuchamos de repente la voz de aquel marinero vigilante—, ¿estaban en el hall?

—Nos habían llamado, pero fuimos a buscar a otros pasajeros y… al parecer se inundó —respondí.

El joven se quedó petrificado por varios segundos, como si estuviera teniendo un sueño en vida. Luego se acercó con un trote acelerado a la puerta que llevaba al interior de los camarotes del barco.

—La explosión —dijo en voz baja y luego nos miró—… Escuchen, estamos cerca de alguna costa, el capitán dijo que se quedará mandando lo que queda de nave, irá lo más cerca del faro que podamos.

—¿Cómo te llamas? —pregunté mientras el joven se movía de un lado a otro, desorbitado, tomando cuerdas, anillos salvavidas y lámparas de aceite.

—Jim, Jim Greene —respondió mientras ayudaba a los hombres a deslizar levemente el bote hacia el punto de desembarco—. Voy a ayudarlos a salir. Si lanzan el bote al agua, lo más probable es que se los trague la succión o que colisione con el casco metálico.

—Muchas gracias —dije mientras intentaba quitar el

agua de la lluvia de mi cara.

El barco comenzó a elevarse. Al parecer, nos acercábamos a la costa y estábamos en el camino de una ola que imponía su rumbo a algún roquerío que se convertía en arena con cada golpe. Vi cómo, con dificultad, los hombres prepararon las amarras en una pluma para bajar el bote. Jake me abrazó y me ayudó a correr hacia los asientos. Ben y yo fuimos los primeros en ser amarrados y, como seguridad extra, me acercaron un flotador rojo de anillo. El Copernicus ya estaba tan hundido que podíamos ver la superficie del mar a pocos metros de la cubierta. Los hombres nos bajaron, luego comenzaron a saltar como pudieron al salvavidas. El último fue Jim, quien nos miró desde la cubierta y nos saludó con un brazo sin convicción y tembloroso.

—¡Jim! —le gritó a Jake con rabia—, ¡no seas estúpido!, ¡salta!

El joven marinero se quedó mirando cómo la barcaza de madera emprendía rumbo hacia la tormenta. De su bolsillo sacó una pistola de bengalas, la apuntó hacia el cielo y disparó. Cuando la luz roja fue consumida por el mar gélido, Jim también desapareció de nuestra vista.

VI

Las olas rompían contra el bote y el Copernicus se perdía a la distancia. Yo no podía dejar de temblar, pero abrazaba a Ben para entregarle lo último que me quedaba de calor en el cuerpo. A pesar de mis esfuerzos, todo fue vano: el niño respiró lento por alrededor de tres minutos y luego dejó de moverse. Miré a Jake, quien intentaba coordinar una forma de evitar ser consumidos por las olas o las rocas con los otros pasajeros. No sabía qué hacer, así que comencé a gritar con mis últimas fuerzas. Tomé la única lámpara de aceite que aún se sostenía en el bote y la acerqué al cuerpo de mi pequeño. Lancé un segundo grito y sentí cómo el resto se acercaba a nosotros.

—Lizzie, ¡lo vas a quemar! —dijo Jake con la voz más aguda que de costumbre, como si intentara ocultar su angustia.

—No, no está respirando, no puedo....

Jake sostuvo al pequeño, puso sus dedos en su delicado pecho y, tras unos segundos, comenzó a llorar desenfrenado. No tuvo que dar explicaciones, yo comencé a gritar con él. Habíamos olvidado lo más importante para sobrevivir: a nuestro hijo. Entre las aguas rabiosas, el nerviosismo de los otros sobrevivientes y la lluvia, no habíamos podido mantenerlo caliente y ahora, aunque aún temblaba, estaba morado y con los ojos apretados. Les había fallado a todos, sobre todo a Elizabeth.

—Espero que haya estado bautizado —dijo la otra mujer en el bote con un tono tan frío como la nieve, en un inglés torpe pero concreto.

Yo no podía dejar de llorar. Con dificultad, tomé uno de los anillos salvavidas y lo abracé con fuerza, para desquitar mi rabia contra él. Jake seguía sosteniendo a Ben, cantándole fuerte mientras las olas comenzaban a zarandear el pequeño bote. En mi desesperación, tomé un cuchillo que había en el piso y que se había utilizado para cortar unas sogas. Todos pusieron sus ojos sobre mí, no intentaban detenerme, más bien eran curiosos, caso morboso.

—Lizzie, no, por favor —me dijo finalmente mi esposo, luego me rodeó con todas sus fuerzas con un brazo mientras aún sostenía a su hijo—. Juntos, hasta el final.

Le di un beso en mi angustia. Sus labios, sorprendentemente tibios, me dieron paz. Luego besé a mi pequeño por última vez. Ya había dejado de moverse por completo. Con el cuchillo, marqué "BEN" con dificultad en el anillo rojo y blanco que tenía entre mis manos. Entonces, a lo lejos, pude ver una luz, un faro muy tenue a la distancia. Estaba llamándonos con su resplandor, esperando que volviéramos a casa. Le avisé al resto de los hombres y estos, aunque exhaustos, tomaron los remos para encaminarse fuera de la tormenta, que con cada ola parecía querer devorarnos. De pronto sentí un dolor incontrolable en la sien. El frío estaba calando hasta el último rincón de mi cabeza, como un puntazo que atravesaba mi cerebro para extinguir mi alma. No pude controlarlo más y, con una agonía intensa, me desmayé sin poder ver las estrellas.

VII

Sonó la alarma. 7 a.m. Con los ojos cansados y sin ganas de ir a mi primer día de universidad, me estiré bajo las sábanas y comencé a meditar. El computador de mi escritorio aún estaba encendido y las ventanas de búsqueda abiertas. Miré el techo. Ahí estaba el mapa de Nueva Moscú, calle por calle, marcado en rojo y con notas pegadas alrededor.

Levanté la vista. Fabio frotaba su cara contra el cubrecama, un pequeño hurón que mi primo Roberto me regaló para mi cumpleaños seis años antes. Su olor a viejo estaba impregnado en toda la habitación y sus pelos en toda mi ropa. Apenas podía comer y estoy segura de que estaba sordo y ciego a la vez, pues chocaba con todo. Amaba a ese hurón.

—Toc toc, permiso… No hay nada caliente para el desayuno, se rompió el hervidor, a tu primo se le ocurrió la brillante idea de cocinar brownies dentro —dijo mi tía Verónica a través de la puerta.

No sé en qué momento me volví a dormir, pero había pasado media hora. Me levanté y corrí a la ducha, luego volví a cambiarme de ropa, salí de la habitación y me senté a desayunar lo que hubiera en la cocina: un poco de jamón, aunque no me agradaba en particular, un poco de leche con agua y un sucedáneo de café en polvo que tenía más sabor a ceniza que a café. La televisión, como era usual, estaba encendida y, aunque apenas prestaba atención, escuchaba las voces gangosas de las presentadoras cuchichear sobre los distintos sombreros de la temporada.

—Te quedaste dormida de nuevo —me dijo mi tío Ángel, mientras revisaba algunos mensajes en su teléfono celular—. ¿Sabes? No tienes que trabajar en el aeropuerto si eso va a afectar tanto tu horario y tus estudios, nosotros podemos ayudarte desde ahora.

—No, tío, ya me están haciendo un favor dejándome vivir aquí —respondí seria.

—Te dejo vivir ahí porque eres nuestra sobrina y porque si a tu papá ya le dio un ataque cuando dejaste derecho para meterte a historia, no me imagino su cara cuando le diga que dejaste historia para trabajar en una tienda de recuerdos en Pudahuel —dijo entre risas.

Mis padres vivían en Valdivia, Chile. Se mudaron conmigo dos semanas después de que volviéramos de Nueva Moscú. Nunca los había visto tan furiosos. Le echaron la culpa a mis primos, que no me vigilaron lo suficiente. Me metieron a un psicólogo y luego a un psiquiatra. Jamás volví a hablar con ellos del tema. Yo no solo era una carga, también una tremenda decepción. Mientras recordaba los fantasmas de mi pasado, mi primo Leonardo entró a la casa hablándose a sí mismo en voz baja, con unos pantalones de pijama y la mirada perdida.

—Déjala —dijo Verónica—, y recuerda que después de ese "ataque", Ricardo dejó de ayudarla en la universidad, por eso comenzó a trabajar.

—Por eso te digo —le respondió.

—Tío, está bien, prefiero trabajar —añadí y luego volví a mirar mi plato—. Además, acabo de recordar que hoy cancelaron mi clase de la mañana —mentí.

—Que conveniente —gruñó Ángel, con tono escéptico—. Gabriela… —me nombró como si tuviera algo muy importante que decirme, pero no dijo nada.

—Los vecinos hicieron un escándalo de nuevo —dijo mi primo Roberto y tomó un pedazo de pan de la mesa, que se metió a la boca entero y masticó tras echarse agua a la boca.

Vivíamos en un vecindario en decadencia. A derecha de la casa de mis tíos había un edificio al que, por regulación, le habían clausurado las ventanas por ambos costados. Con el tiempo había comenzado a marchitarse con los residuos ennegrecidos de los aires acondicionados mientras la fachada tenía pedazos de muro desprendidos y dejaba ver un poco del interior de la estructura. Nunca supe bien quién vivía ahí, pero los veía entrar y salir. Ya fuera el hombre de unos treinta años que iba a trotar con su perro, la mujer jubilada que a veces era ayudada a bajar las escaleras, la familia de cuatro personas viviendo en un departamento de dos cuartos, todos parecían tener una historia que contar, pero vivían en un ecosistema que los juntaba y aislaba al mismo tiempo.

A la izquierda de la casa vivían los Jiménez. El padre, León, de facciones fuertes y ropa siempre demasiado ajustada, era un empleado del gobierno que comenzaba a degustar los beneficios de lo que fuera que hiciese en la oficina de Impuestos Internos. La madre, Frida, era una mujer de piel clara, cabello oscuro, nariz afilada, ojos grandes y algo encorvada. Padecía de una ligera obsesión por su delgadez y, aunque no soy experta, un pésimo gusto para vestirse, normalmente con vestidos floreados mal combinados y ropa que se veía demasiado anticuada para su edad. Su hobby (quizá hasta razón de vida) era hablar mal sobre otras personas. De hecho, se paseaba al menos dos veces al día frente a la casa de mis tíos intentando distinguir qué hacíamos. Según mis tíos, había denunciado en varias ocasiones a supuestos disidentes del barrio, que desaparecían o eran trasladados. Ambos tenían un hijo, Benjamín. Era más gordo que los otros niños de su edad, gritaba mucho y perseguía a los gatos.

Cada tanto, la cuadra completa se enteraba de algún problema familiar que aquejaba a los Jiménez. El niño saldría de la casa, se subiría al auto y comenzaría a tocar una y otra vez la bocina. Probablemente para acallar los gritos de Frida, histérica, que serían complementados por el ruido de platos rotos y luego, el portazo de León al dejar la casa y también, esconderse en el auto. A veces, venían los tres a quejarse porque les molestaba dónde dejábamos la basura o algo por el estilo. Hoy, su pelea había terminado cuando llegó la hora de salir a trabajar.

Me levanté apenas tragué la última rebanada de pan y volví nerviosa a mi habitación. Comencé a echar todo en la mochila y me acerqué a la computadora, cuyo ventilador de casi un metro de ancho relinchaba intentando enfriar el armatoste que había permanecido toda la noche encendido. Una sensación extraña me obligó a sentarme.

Buscador: 1895 Copernicus sobrevivientes Chile

Mis dedos comenzaron a temblar, hice click en la primera página que hacía referencia al barco de carga. Tenía esperanza, lo admito, pero la realidad fue más fuerte.

Estado: desaparecido. Copernicus. Vapor inglés de la Compañía Lamport & Holt. Zarpó de Punta Arenas con destino a Valparaíso, conduciendo pasajeros y un cargamento surtido. Su ruta tradicional era desembocar al Pacífico y seguir al norte. El Copernicus desapareció en octubre de 1895.

Meses después, tripulantes de una balandra de la matrícula de Punta Arenas, hallaron en la costa de Puerto Angosto, en la latitud 53° 14' Sur y Long 73° 23' Oeste, el 26 de mayo de 1896, un salvavidas con el nombre del Copernicus.

Me quebré en lágrimas. Jamás lograron llegar a tierra, jamás se supo dónde estaba ese barco, demasiado pequeño para un viaje tan largo. No era verdad, quizá todo esto ya lo había leído y mi cerebro me estaba engañando. Benjamin, Jacob, Elizabeth, los tres habían muerto en esa fatídica noche. Sentí que me estaba volviendo loca ¿Era posible que hubiera leído en algún lugar, en algún libro escondido, el caso de este naufragio? Algo que me sugestionara a soñar con tal nivel de detalle. Sí, era posible. Me había pasado alguna vez. Pero algo había cambiado en mi sueño que, de ninguna manera, podía haberse plasmado en el mundo real.

—El anillo —dije en voz baja—, ¿dónde está ese salvavidas? Ahí está la respuesta —le hablé a Fabio. Me estaba volviendo más que loca. Abrí el buscador y en pocos segundos ya tenía la ubicación que, para mi sorpresa, estaba a un ferrocarril de distancia.

Capítulo 4: La última galería subterránea

*"El libre albedrío es la piedra que redefine
la historia y a la humanidad, nos permite ser monstruos, dar
la vida, hacer algo que importa
o simplemente vivir en el anonimato".*

I

Después de mi primera clase de Historia de los Grandes Eventos, justo cuando comenzaba la inducción para los de primer año sobre enemigos públicos y democracia, me escabullí fuera de la universidad, evité como pude a los agentes de la Policía de la Fuerza del Pueblo (PFDP) que la resguardaban y bajé hacia el centro de la ciudad. El clima aún quemaba con los últimos días del verano y mi polera, ya transpirada, empezaba a cambiar de color. Una señora que vendía agua embotellada me salvó de desmayarme.

El metro estaba repleto de gente y, como siempre, todos insertos en el diario de la mañana, el único que se podía leer en público. Un ventilador intentaba refrescarnos, mezclando el aire con agua de procedencia indeterminada y con olor a reciclada. A mitad del camino, mi espalda comenzó a doler intensamente, pidiéndome que por favor me sostuviera en algo. Llevaba un mapa entre las manos y la mochila pegada a la pared. Para mi fortuna, cuando ya no podía mantenerme en pie, el conductor anunció la parada de Estación Central y me deslicé fuera del carro. Luego miré la escalera y, empujada por la muchedumbre, subí hacia la salida.

La galería de curiosidades estaba ubicada en una casa blanca, grande y de dos pisos. Su techo cuadrado y paredes de concreto se veían modernos, aunque estaba gravemente deteriorada. Incluso tenía trozos de muro erosionados y caídos, que deformaban su figura. Se rodeaba de un patio lleno de chucherías oxidadas, al igual que la reja otrora recubierta de óleo negro. La calle olía a desagüe caliente y la vereda, vieja y resquebrajada, dejaba asomarse los brotes de pasto, flores y maleza, un poco secos por el verano. Un letrero descuajeringado decía "abierto" y junto a este, la correa de una campanita, que toqué varias veces. Entonces sonó la alarma de mi teléfono: un mensaje de Julia.

```
Huck, mándame tu ubicación y te voy a
buscar después del trabajo, ¡Tenemos que
celebrar! me llamaron de un comercial de
Nacional-Cola ;D
```

Sonreí por ella, adjunté mi ubicación y le confirmé la hora. Luego volví a tocar.

Pasaron varios minutos antes de que la puerta se abriera y un hombre harapiento saliera de golpe. Un hombre de alrededor de 30 años, tan alto que mi nariz apenas le llegaba al pecho y captaba el hedor de sus axilas. El extraño de cuello delgado y brazos largos llevaba un chaleco viejo con un par de hoyos, jeans manchados en las rodillas y zapatillas gastadas. Me dio muy mala espina, un poco de miedo.

—Hola —me dijo extrañado y con tono de desconfianza.

—Eh, hola, vengo por… ¿hay algo en el museo?

—¿Vienes a ver algo de mi colección? —dijo, con un poco más de ánimo.

—Sí, un flotador… de un naufragio.

—No me digas —me respondió. Estoy segura de que

estaba sonriendo, pero era una sonrisa tétrica—... no me digas —continuó diciendo, al abrir el portón—, viniste al lugar correcto...

—¿En serio? —vacilé, mientras me acercaba a la puerta. La casa por dentro era oscura y no parecía ser realmente un museo. Frené, dudando si dar un paso más hacia dentro. Entonces escuché al hombre decir "un barco hundido en la Patagonia" y mi espalda se tornó roca. Recordé los gritos de los últimos pasajeros mientras se hundía la nave.

La casa era un desastre. En el ambiente se olía la grasa de alguna pizza que quizá llevaba una semana apilada bajo un montón de cachivaches. Del techo colgaban ruedas de bicicleta oxidadas, llaves, muñecas y botellas antiquísimas. Los ventanales, cuya pintura se resquebrajaba del marco, tenían una capa de polvo que impedía que la luz se adentrara fácilmente en el espacio, que alguna vez había estado separado en habitaciones, pero donde ahora solo quedaban los pilares principales para deducirlo.

Debo admitir que todo lo que había en los extensos mesones de madera envejecida que atravesaban la habitación me llamó patológicamente la atención. El curador harapiento del museo incluso tenía un jarro de la SS alemana, inscrito con las iniciales L.H.M.

A un lado de la sala principal había una entrada lúgubre y sobre la cornisa de dicha puerta, un letrero que decía "Galería Privada". El hombre se dio media vuelta para pedirme que lo siguiera y luego, bajó hacia aquel sótano.

—Esta casa fue construida en 1955, en medio de la fiebre nuclear. Su dueña se volvió loca y decidió construir este sótano antibombas. Aunque en realidad hemos tenido que refaccionarlo muchas veces, porque la casa se debilita con cada nuevo terremoto o temblor —dijo y luego encendió las luces de la habitación inferior—. Cuando doña Sabrina falleció y compré la casa a uno de sus hijos, encontré conservas de aceitunas que habían estado guardadas aquí desde el '57. El problema es que probablemente la mujer le puso cañerías de plomo y además no funciona la señal de teléfono —continuó el extraño hombre—. Por cierto, me llamo Federico, soy coleccionista de historia.

—Lo noté —respondí aún cauta.

En el búnker había una serie de estantes, mucho más ordenados que los de la galería principal, que alojaban un montón de antigüedades rotuladas con un papel escrito con bolígrafo.

Las paredes habían sido pintadas y, a diferencia de arriba, el suelo estaba impecable. Al fondo de la habitación, que habría de tener unos 30 metros cuadrados, había un escritorio con un computador y un montón de maquinaria extraña alrededor.

—Entonces, ¿buscabas...? —me preguntó Federico y se ordenó su pelo castaño, no demasiado largo, detrás de la oreja, se sacó el chaleco y se puso un delantal blanco y unos guantes. Luego caminó a un estante lleno de archivadores, levantó el índice y me miró, esperando una respuesta.

—Un salvavidas —respondí y de mi cartera saqué una foto impresa del objeto.

—Sí, el Copernicus, una historia trágica —dijo con una mueca entre felicidad y sensibilidad—. Un barco algo olvidado, le cambiaron varias veces el nombre, ya estaba jubilado para el tiempo que lo trajeron a navegar... y luego está esa temporada de tormentas.

—¿Puedo verlo? —pregunté entusiasmada.

—Sí, por supuesto —me respondió y tomó uno de los organizadores, lo abrió y comenzó a buscar en silencio—. Un segundo —continuó y sus ojos protuberantes se abrieron—... Ok, ok, ok, un A33, ¿podrá ser?

Sin voltear hacia mí un segundo, Federico movió una cajonera y abrió una entrada escondida detrás. De ella sacó el tan nombrado flotador anaranjado y blanco, golpeado por el mar, el tiempo y las tardes al sol.

—Es este —me dijo y lo puso sobre la mesa—. Disculpa, no quiero ser irrespetuoso, pero necesito preguntar si, de casualidad, no es casualidad que estés aquí.

—No lo sé —respondí honestamente. Mi cuerpo temblaba mientras me acercaba al salvavidas. Sentía que, de pronto, volvía a estar en aquel bote, abrazando a mi pequeño mientras intentaba revivirlo de su hipotermia—. ¡Aaah! —gemí, un tanto por el pánico y otro tanto por la impresión… Ahí estaba, erosionado por los siglos, el nombre del pequeño bebé marcado. Lancé otro grito ahogado y sentí nuevamente cómo mi cabeza comenzaba a congelarse con cada recuerdo. En pocos segundos me desmayé.

II

—Bien, esto no salió como esperaba —escuché su voz a lo lejos.

—Tranquilo, es normal —respondió una segunda voz femenina.

—¿Y ahora qué?

—Echále agua —añadió una tercera persona, cuyo timbre también sonaba familiar.

"Suficiente, es el momento de incorporarme, antes de que sigan con el circo", pensé. Sin embargo, cuando abrí los ojos, solo estaba Federico, mirándome con detenimiento. Tenía un overol puesto sobre la ropa y utilizaba unas antiparras rayadas y desgastadas para filtrar el mundo.

—¿Qué pasó? —pregunté, histérica.

—Te desmayaste.

—¿Quiénes eran ellos? —reformulé, mirándolo seria—.

No, primero, ¿dónde encontraste ese salvavidas?

El excéntrico cerró los ojos como si estuviera consultándose a sí mismo. Yo estaba acostada sobre el piso, con una almohada que levantaba mis piernas. Intenté moverme con cuidado y sentí algo extraño que me sujetaba la frente: un electrodo pegado a cada lado de mi sien.

—Perfecto, perfecto… —dije, ya cansada y con un tono sarcástico.

—Ok, escucha… en realidad no soy un curador de museo.

—Me di cuenta —respondí, quitándome los monitores de la cabeza.

—Soy un científico y un investigador, me dedico a lo que algunos llaman "estar loco de remate". Actualmente busco fluctuaciones temporales, cambios en la relatividad temporal.

Entonces, por primera vez, algo comenzó a hacer sentido en mi cabeza.

—Entonces, ¿investigas algo así como cambios en la historia? —dudé.

—Algo así. Verás, en realidad no se puede saber si hay un cambio… pero quedan rezagos, algo así como marcas. Ese flotador es una de ellas. Tú eres una de ellas.

—¿Yo?

—Tú eres Gabriela Huck, ya sé bastante sobre ti, ellos me lo han dicho —mencionó mientras me acercaba un vaso con agua—. Aquí estás segura, estamos en un lugar privilegiado —dijo, sonriendo. Yo comencé a buscar la salida—. Detrás de esa puerta hay un túnel que llega directamente a la línea del tren entre la extinta Estación Yungay y la Estación Central de Santiago. Es un lugar con una carga temporal muy alta, una especie de colisionador de hadrones para nuestros conejillos de indias, o una fuente de experimentación.

—Colisionador… —musité, dejando en evidencia que

era totalmente ignorante de lo que decía.

El aroma a eucalipto volvió a lo más profundo de mi nariz. Detrás del librero había una puerta medio escondida. La abrió y un olor a humedad inundó el ambiente. De inmediato las luces comenzaron a tintinear, tal como hacía un par de noches en el aeropuerto.

—Hola, Huck —escuché aquella voz detrás de mí. Era Carmozil.

—¡Tú! —respondí, ahora enojada—. Escúchame, esto se acabó, ¿entendiste? Me vas a explicar todo esto ahora. ¡Todo! —dije, fijando mis ojos con los suyos, con una rabia que solo era controlada por mi necesidad de información.

—Sphenopalatine ganglioneuralgia, eso es lo que sentiste al caer al hielo —respondió, sonriendo—. Ya estás de nuevo con nosotros.

Una segunda figura apareció desde el túnel: una mujer de cabello rojo intenso, cara pálida y rostro inerte. Llevaba un vestido blanco de puntos rojos a la usanza de los '50 y botas negras. Al cruzar miradas conmigo, cerró sus grandes ojos azules y gruñó:

—Parece que estamos acabados después de todo.

III

Llevábamos un buen rato en el sótano.

Diego tenía los ojos sobre mí sin pestañear, lo que me hacía sentir un retorcijón en el estómago. La mujer se miraba en uno de los espejos de la colección de Federico, estoica y apretando los músculos de la cara. Había unas galletas sobre la mesa. Un par, porque yo ya me había comido la mitad.

Frente a nosotros colgaba una pizarra repleta de garabatos en distintos colores de tiza polvorienta. Una pirámide egipcia y un palacio de arquitectura oriental eran lo que más destacaba, pero había dibujos de estatuas, relojes, muros y jardines. Todas obras humanas.

—Entonces —repetí—, me estás diciendo… que ustedes están muertos y que yo puedo viajar en el tiempo a través de los sueños. El tiempo se puede cambiar, pero solo si uno encuentra un punto realmente influyente o determinante. Además… Disneylandia es un monumento creado para que un nazi quede anclado en la historia.

—Casi. No estamos muertos. Somos algo llamado deltas. Muchos nos confunden con fantasmas, pero podemos sentir, nos pueden ver... —dijo Ania, la mujer del túnel—. El mundo, el tiempo, es como el agua de un río. No siempre tiene la misma velocidad, no siempre corre por los mismos lados. La mayoría de nosotros somos hojas siendo arrastradas hacia el mar, pero algunos, algunos son piedras que pesan, que pueden cambiar las cosas. Como tú, niñita. Y eso te hace muy peligrosa para ellos, para nosotros, para el mundo. Un delta es creado cuando, producto de un cambio en el tiempo, una persona deja de existir. Digamos que, por error, matas a mi padre, o dos personas no se encuentran por casualidad, y yo dejo de existir. Bueno, resulta que no se borró todo, quedan rezagos, historias, recuerdos, esos demoran un poco en desaparecer. Eventualmente dejamos de ser ecos de ese cambio y desaparecemos, excepto aquellos que cazan a los de tu clase y se anclan a la historia.

—¿Quiénes, los nazis? —dije en tono sarcástico.

—Los deltas rojos —explicó Diego—, ellos deforman y defienden la línea temporal, reclutan a los deltas y bueno, digamos que buscan un tipo de inmortalidad. Se dedican a dominar figuras de gobierno, proteger estatuas, mantenerse vigentes y asesinar a los que son como vos.

—Lo llaman justicia —añadió Ania.

—¿Has escuchado la historia de ese chico que va a un paseo escolar, ve un piano de cola y comienza a tocarlo como si en otra vida hubiera sido el mismísimo Mozart? —preguntó Federico, acabando con su mapa conceptual sobre una pizarra de tiza.

—Mi primo me dio ese ejemplo, hace mucho tiempo. Creían que en mi vida pasada había sido una revolucionaria rusa —respondí y comencé a caminar por la habitación, de un lado al otro, mientras recordaba.

—¿Tú? Já —dijo Ania, sin dejar de mirarse al espejo, tocando sus mejillas con sus uñas largas y teñidas en carmín, presionando ligeramente hasta dejar marcas encarnadas en sus pómulos. Algo andaba muy mal con esa chica.

—Miren, sé que es una estupidez y que probablemente estoy soñando, pero es como si fuera yo, pero es otra persona —respondí y acomodé mis piernas sobre la mesa en la que estaba sentada. Por las cañerías, podía oír el agua escurrir hacia el túnel del tren y había una mosca que daba vueltas una y otra vez alrededor de la luz. Tenía problemas para concentrarme. Una vez, escribiendo un reporte para la universidad mientras escuchaba música con audífonos, comenzó a sonar mi canción favorita de ese mes. Mi cerebro empezó a cantar, mis labios a murmurar la melodía y mis dedos… bueno, mis dedos escribieron la letra de la canción en el reporte y no fui lo suficiente precavida para releerlo. El profesor me reprobó, no sin antes leer el párrafo en voz alta en la sala de clases: "Tu sonrisa resplandece, artículo dos, mi amor por ti es infinito". No volví a entrar a esa clase. Un momento, ¿dónde estábamos?

—Y vas a acumulando recuerdos, conocimientos, en realidad los vas asimilando. Huck, tenés un gen, un don, que te permite entrar en una línea temporal —dijo Diego—, solo un viajero puede abrir canales en el tiempo, un viajero y un delta que se ha unido a un monumento, pero estos normalmente se quedan ahí para siempre.

Federico se acercó con una sonrisa.

—Puedo lograr que controles este poder, pero tienes que confiar en mí, tenemos que investigar qué te hace especial —dijo el científico.

—Eso es código para "déjanos hacer experimentos con tu cerebro" —respondí de mala gana.

—Más o menos —dijo Diego—… Con suficiente experiencia, podrás hacerlo sin la ayuda de nadie, viajar a un momento preciso en la historia.

—Basta con la cháchara científica, lo que queremos es hacerlos caer —reiteró Ania, con un rostro algo perdido—, hacerlos caer por todas las vidas que han quitado, por la gente que he perdido por su culpa… por todo el dolor que han causado y por el gusto de verlos desvanecerse, aunque yo me vaya con ellos.

—Como lo hicimos con el muro de Berlín, y como causamos un desastre poniendo a Lenin en ese tren a Rusia —finalizó Diego y me sonrió. Sus pómulos me ponían muy nerviosa, no podía dejar de verlos—. Mirá, Huck, trataré de ser más directo: Ania y yo vamos a desaparecer, no quedan muchos como nosotros. Pero desaparecer no es un problema. El problema es que te encuentren, te maten y logren lo que quieren.

—Nadie se fijará en una chica como yo, me cuesta caminar, no soy inteligente y no llamo la atención, creo que estaré bien —respondí.

—Escuchá, Huck, cuando desaparecemos, todos nosotros despertamos en una habitación. Digamos, la puerta de vuelta a este mundo. Podemos volver o simplemente desvanecernos, y quienes volvemos lo hacemos por venganza, redención o… —titubeó Diego.

—O miedo, sobre todo miedo, por eso muchos son tan

influenciables, que creen que hacen lo correcto— dijo Ania.

—¿A qué se refieren? —pregunté y puse un mechón de mi cabello tras mi oreja izquierda.

—A que… —dijo Diego e inhaló una bocanada de aire — ellos creen que están controlando el tiempo, por el bien de la humanidad.

—Matan y torturan, humillan, por el bien de la humanidad —repetí con tono ingenuo.

—Dicen que las personas necesitan una guía para pasar a la siguiente fase de su utopía y ellos las instalan, estos diques en el tiempo. Esos deltas están ahí anclados, repitiendo lo mismo en cada momento de su existencia —dijo Ania con rabia en su respiración—. Lo hacen con gusto, porque creen que así imponen justicia.

Mis dedos comenzaron a enfriarse mientras intentaba procesar toda la información, ¿qué podía hacer? Me levanté y caminé hacia el túnel. Efectivamente, había algo ahí que era especial. Sentí una energía temblar a través de mi cráneo, como una onda eléctrica. Aunque quizá era un corto circuito o alguna fuga de gas y estaba alucinando. O mi más grande temor: tenía algún tumor creciendo en mi cerebro, esperando mi colapso.

 Diego me siguió sutilmente, algo en él me daba confianza. Pero no sabía qué pensar de su compañera, quien de manera patológica buscaba objetos reflectantes, donde se miraba a sí misma.

Cuando estuve de pie en medio del túnel, miré hacia el abismo. Había una estela de luz agrietada que daba hacia la calle, pero más allá solo estaba la oscuridad.

—Cerrá los ojos —me dijo Carmozil y toqué levemente mis pestañas—, ahora respirá lentamente…

No entendía muy bien qué estaba pasando, pero una vez que Pedro estaba a mi lado, puso su mano sobre mi hombro y susurró:

—Abrílos.

La profundidad del túnel comenzó a cubrirse de una niebla que emergía del suelo. Imágenes intermitentes, similares a las de un televisor descompuesto, se reflejaban en el humo blanco. Al fondo escuché el eco de un vehículo que parecía acercarse turbulentamente. Carmozil caminó hacia adelante y dio media vuelta. Su piel pálida se tornó rápidamente más templada, su cabello más oscuro y su vista menos cansada, a medida que sus ojeras iban atenuando el azul del hematoma.

Siluetas humanas comenzaron a surgir de la niebla y moverse alrededor de él, eran como niños que, con brincos, daban vueltas alrededor de sus piernas. Sus voces y risas eran como ecos agudos y tomaban la mano de Diego, intentando arrastrarlo a la profundidad del túnel. Me hicieron sentir un escalofrío.

—Pensá en algo —me dijo sonriendo.

Lo primero que se me vino a la cabeza fue mi abuela. Había muerto hacía dos años en un accidente de auto. La extrañaba muchísimo y pensaba bastante en ella. Vivía en una pequeña granja a varias horas de la capital, rodeada de adornos de vidrio y tapicería de los años '60.

Luego de unos segundos, sentí una lágrima recorrer mi mejilla. Era una sensación de nostalgia terrible, pues entre las voces y los ruidos se escuchaba, a lo lejos, una canción de Johnny Cash con una muy baja calidad, "You are my sunshine". Era una melodía que mi abuela, quien había llegado a Chile muy joven, cantaba desde la garganta con mucha tristeza. Nunca nos dijo realmente por qué. El sonido estaba acompañado de un tenue olor a su colonia y algunas imágenes borrosas de una carretera.

—¿Ves? —dijo Diego y me acercó un pañuelo—, vos eres el nexo.

—¿Por qué no puedo verla? Siento que está acá —sollocé, intentando sostener mis mocos en la nariz.

—No podés revivir a los muertos —me dijo Carmozil, con un tono ahogado.

—¿Cómo sabes que estoy pensando en alguien que...?

—No lo sé, lo digo por la forma en que llorás —me respondió—, pero podés evitar que muchas personas dejen de existir y utilizar este talento.

—Tú, ¿cómo dejaste de existir? —pregunté, secando mis lágrimas.

—Es una historia para otra ocasión —cortó la conversación.

Ya se hacía tarde y aún no sabía bien si quedarme y asumir que todo era real o correr hacia la policía o tenencia de la PFDP más cercana. Fuera como fuera, no podía salir de esa casa sin una decisión.

—¿Huck? ¿Qué está pasando? —escuché la temblorosa voz de Julia, desde el primer piso. Ahora sí que tendría que decidirme.

En ese momento no lo sabía, pero estaba tomando la decisión que cambiaría para siempre mi destino. Como un río que se rompe y resquebraja en distintos deltas, es acá donde existen dos Gabrielas: la que decidió ir a encontrar a su amiga y pretender que nada había pasado, y la que se quedaba para escribir su propio futuro. Era la decisión que podía llevarme o no al preludio de esta historia. De eso dependía que todas las cosas confluyeran, o que el río de la historia decidiera sacarnos de su curso normal.

Segunda Parte:

El cauce sin rumbo

> *"La diferencia entre la acción violenta y no violenta es que la primera se basa en la destrucción de lo que existe, mientras la segunda se concentra en establecer algo nuevo"*
> **Hannah Arendt.**

Capítulo 1: Un tsunami en Londres

"La historia es como el agua. Uno puede intentar lanzar pie-
dras en el río para cambiar su rumbo.
Normalmente solo logra salpicarla, pero con una roca lo sufi-
cientemente grande… inundas otro pueblo".

I

1 de mayo de 2015, Santiago de Chile.

Se encendió la cámara y miré directamente al lente. Esperé a que Federico me diera las instrucciones.

—Gabriela, es tu sexta vez en la galería —lo escuché decir.

Efectivamente, estábamos en el sótano, pero en una habitación más pequeña, de paredes grisáceas y olor a humedad. Parecía una película de terror, o una visita a un dentista muy malo del centro de Santiago.

—Sí, espero no vomitar cuando despierte —respondí. Cerré los ojos y respiré profundamente—. Por cierto, ¿te estás bañando más seguido y limpiando este lugar? Mi nariz huele algo distinto.

—Estamos grabando —dijo cortante e hizo una seña con la mano, sin mirarme.

—Ah, claro, claro —respondí—, mi nombre es Gabriela Huck, soy chilena, vivo en Santiago y soy estudiante. Esta es la cuarta prueba de inducción del sueño.

—Voy a comenzar a aplicar las ondas —escuché a Federico, quien llamó a Julia para que tomara su lugar con la máquina filmadora. Julia llevaba el cabello rosa con azul, falda y zapatillas de caña alta. Me sonrió e hizo una seña.

No sabía si había hecho lo correcto al dejarla ser parte de todo esto, pero ella había insistido en que no había mucho más que pudiera hacer en sus días libres. Parte de mí, por otro lado, no podía evitar recordar que era la hija de oficiales del partido y que su presencia era a lo menos amenazante. O así lo había puesto Diego.

El científico salió de la habitación, lo escuché escudriñar entre los cajones y, en pocos minutos, volvió con un reloj de bolsillo.

—Debe tener unos doscientos años —me advirtió—. El primer paso para el viaje en el tiempo es la invención, la medición y la noción del tiempo. Qué cosa tan impresionante, ¿no? Imprecisa, anticuada, pero impresionante, el pensar que nosotros inventamos aquello que llamamos tiempo. Aún más, que otras criaturas vivas en la tierra no tienen sentido del futuro, solo nosotros los humanos entendemos el futuro lejano y la muerte, y por eso podemos temerle —dijo en tono hipnótico— Por eso es perfecto para el primer viaje.

Puso el aparato entre mis manos, salió de la habitación y cerró la puerta. Sentí una vibración en mi cabeza.

—¿Qué nivel intentaste en la última ocasión? —pregunté a Federico quien, con los dedos, me señaló el número dos. De a poco, mi mirada comenzó a nublarse, la corriente eléctrica aumentaba, sentía que gotas de sudor caían sobre mis ojos.

Mis dedos dolían como si estuvieran presionando las puntas contra la puerta de una casa antigua, empecé a perder la capacidad de respirar mientras sentía un líquido inmiscuirse en mis pulmones y a sentir mi cabeza congelarse al punto de quedar ciega, solo pudiendo distinguir un par de siluetas luminosas. Grité, aunque no podía escuchar mi propio llanto, solo la voz de Julia al salir de la habitación.

—¿Qué nivel pusiste? —escuché a mi amiga preguntarle

a Federico, pero ya no podía percibir qué número señalaba con los dedos.

II

17 de octubre de 1814, Londres, Gran Bretaña.

Ahora, aún aturdida, me encontraba en el corazón de una metrópolis que dejaba rápidamente sin aliento. Era Londres, al menos así lo parecía. Una cortina de humo, olor a podrido y hollín separaban mi vista de las calles aledañas.

Frente a mí pasó una mujer de cabello castaño de unos veinte años. Tosía, ahogada en su propia flema. Llevaba a un infante junto a ella amarrado del cuello.

—¿Qué miras? —me dijo y sorbió sus mocos.

—N... nada —respondí con cara de asco.

—Tres peniques —respondió y al sonreír dejó ver su dentadura podrida.

Casi vomité en el instante. Di media vuelta y comencé a caminar en dirección opuesta. Me arrepentí de cualquier ilusión que alguna vez tuve de los tiempos preindustriales y los albores de la era victoriana.

—Faggot —escuché decir a la mujer.

Mi nariz se estaba acostumbrando al olor de las alcantarillas rebosadas y mi cerebro al hecho de que estaba en el cuerpo de un hombre. Se sentía muy incómodo, los recuerdos se mezclaban y así lo hacían también la lengua y el acento, pero la mentalidad machista de aquel sujeto llamado Gregor luchaba contra mí. Un chico sin zapatos me interceptó unos pasos más abajo de la calle.

—Señor, señor, ¿puedo ofrecerle un billete de lotería? —preguntó el pequeño, que comenzó a caminar en paralelo a mi ruta.

—Vete, mocoso —contesté de mala gana. Estos huérfanos ladrones estaban en todas las esquinas.

Gregor, el hombre en el que me había personificado, era escocés, inmigrante y tenía veinticinco años. En ese minuto estaba tan borracho que apenas podía levantar los pies, lo que hacía más fácil para mí controlarme, pero más difícil moverme.

—Me llamo Oliver —respondió seguro—. Lo que necesite, señor, puedo lustrar sus zapatos, o mostrarle todo el barrio, o acompañarlo en la noche.

—Ja, ¿Oliver Twist…? —dije con tono sarcástico y luego comencé a toser—. Cielos, Dickens tenía razón… aunque debe tener como dos años…

—¿Disculpe, señor? — respondió el muchacho.

—Te daré un penique si te apartas de mi vista, te dispararé si te acercas… —susurré y le entregué una moneda.

El niño sonrió con malicia y salió corriendo. Yo estaba bien vestido, de mala gana, pues no soportaba ver cómo la ciudad se industrializaba frente a mis ojos. En busca de trabajo, había aceptado un empleo en una de las tantas fábricas textiles que había por ahí, y a veces parecía que cargaba dinero.

En mi mano sostenía el reloj que, sin explicación aparente, había viajado conmigo hacia el pasado. De un momento a otro, sentí que el metal se calentaba, solté la pieza y vi dos estelas plateadas emerger de él, mezclándose con la niebla. Aunque eran siluetas muy tenues, pude ver a Diego y Ana levantarse. Poco a poco, comenzaron a adquirir color.

—Nunca me voy a acostumbrar a ser un fantasma —dijo Diego con una sonrisa.

—Yo desearía ser un fantasma —respondió Ania, mirando su reflejo en un charco del piso.

Buscábamos a un vigilante, un tipo de delta gris que vivía cada día de su existencia custodiando un hito temporal. Muchos de ellos se volvían locos y acababan desapareciendo. Cada tanto, volvía un delta de rango mayor a darles una misión o exterminarlos.

—Hay un consejo de deltas ancianos superiores, que están amarrados a puntos tan importantes, que su imagen simple-mente no se borra de la historia. Ellos controlan y resguardan que nada cambie, al menos nada que pueda alterar el flujo natural de la historia y hacerlos desaparecer —mencionó Diego.

—Por ejemplo, cada vez que alguien intenta botar la torre Eiffel, uno de estos agentes mata al susodicho. En realidad, ese punto en la historia ya está bloqueado; todos los puntos en la historia que han sido visitados dos veces se bloquean —sentenció Anna, mirando al vacío.

—Por eso fallaron tantos intentos para matar a Hitler —añadió Carmozil.

—¿Cómo lo hacen? —pregunté, nervioso, o nerviosa.

—Poseen por treinta minutos a un ser de poca voluntad propia —replicó Ania—. Si pasan un minuto más, mueren ambos. Si ese humano con poca voluntad propia muere mientras es poseído, también mueren ambos.

—Pero, ¿cómo saben que hay un delta gris en este tiempo y lugar? —pregunté.

—Porque leo un montón —respondió Diego— y los libros de historia quedan con cicatrices cuando hay momentos forzados. Un día como hoy, a las 16:20, Mathew Blake será asesinado sin razón por Richard Hunter, quien luego alegó ante el juicio haber sido poseído por espíritus nativos americanos.

—¿Y le creyeron?

—Bueno…. —susurró Ania, sin responder.

En ese momento, un chorro de desechos cayó a pocos centímetros de mi cuerpo, salpicando mis zapatos. No lo pude soportar más y corrí a una esquina a vomitar.

—Bienvenido al siglo XIX —dijo Diego— y a todo su esplendor. No puedo creer que haya gente que odia la modernidad y quisiera volver a esta tranquila y maloliente época de la peste.

Una vez recuperado el cuerpo en el que había entrado, comenzamos nuestra búsqueda. Mathew, al igual que yo, podía soñar en el pasado, pero a su corta edad de 13 años aún no lo sabía. Solo había cambiado pequeñas cosas: un par de colores de vestidos de matrimonio y la decisión apresurada de un hombre que compró un caballo demasiado viejo para llevar su carreta. El resto es historia.

Había crecido sin padres, ya que estos habían muerto por una peste pocos años antes, y vivía con su abuela en Saint Giles, un barrio a pasos del Museo Británico y al norte del actual sector de Soho. La mitad de los edificios estaban a medio construir, con andamios de madera cubriendo sus fachadas, como si fueran mujeres cambiándose tras un biombo.

Nos apresuramos a buscar al chico. Caminamos por debajo de los andamios que resguardaban los edificios en plena edificación. Yo detestaba todo a mi alrededor: el cambio acelerado, el mármol, la neblina en el ambiente. Mis pies pesaban mientras intentaba seguirle el paso a ambos entes, quienes se detuvieron frente a una construcción angosta, de tres pisos, pero con solo una ventana decente.

La puerta tenía pintura verde, algo descascarada, y desde afuera se veía cierto movimiento errante. El barrio, aparentemente muy vulnerable, se erguía a pasos de fábricas manufactureras que exhalaban humo desde sus pulmones industriales. El aire era maloliente y pesado, aunque en verano era peor, porque los humos del desagüe se evaporaban para juntarse con el smog.

Diego desapareció un minuto y regresó, rápidamente,

en el cuerpo de un vendedor que se había tomado un receso de su tienda. Mientras, Ania buscó a una joven bonita y a quien describió como "una confianzuda no demasiado inteligente". Podía reconocerlos de inmediato al ver sus ojos, eran lo único que no cambiaba al poseer a un humano.

—¡Extra, extra! —gritó un chico, sosteniendo periódicos bajo sus brazos—. ¡Inglaterra ha atacado la Casa Blanca, Gran Bretaña ha quemado la ciudad de Washington D.C.! ¡Victoria, victoria, larga vida al rey!

Los tres nos paramos frente a la entrada y Diego tocó la puerta. Una mujer de alrededor de 50 años, con aspecto deteriorado, dientes amarillos y mirada añeja nos abrió la puerta.

—¿Qué? —dijo con desconfianza en inglés desfigurado.

—Buenas tardes, señora. ¿Está su nieto Mathew? —preguntó Diego, levantando su sombrero.

—¿Quién lo busca? Mi nieto no le debe nada a nadie —respondió, agresiva.

—Venimos a ofrecerle algo —continuó Ania, aunque su acento no lograba adaptarse a su disfraz de carne.

—¡Mathew! —gritó la mujer. Se dio media vuelta y, unos minutos después, un muchacho cubierto de hollín nos recibió en la puerta.

—¿Qué pasa? —dijo desconfiado el chico.

Su cabello estaba cubierto de ceniza, sus ojos azules resaltaban sobre su cara ennegrecida. Llevaba un abrigo gris agujereado y botas distintas. En su expresión pude ver que estaba asustado de sí mismo, igual que yo de mí misma.

—Alguien viene por ti, saben lo que puedes hacer en tus sueños. Nosotros también podemos... —se apresuró Diego, mientras ojeaba su reloj de bolsillo.

La cara del joven se desfiguró. Cerró la puerta tras de sí

y se quedó mirándonos un segundo, removió el hollín que le cubría los ojos y luego comenzó a titubear, hasta que una frase se deslizó por su garganta:

—Entonces ustedes vienen del otro lado —dijo, sin demasiada seguridad.

—Más o menos —respondió Ania, y miró a su alrededor, atenta.

—Esperen —sostuvo Mathew, resistente—. ¿Cómo sé que no son ustedes los que quieren llevarme a uno de esos centros de la Corona para engendros y fenómenos? ¿Cómo sé que no son espías franceses?

—¿De qué estás hablando? Has estado esperando que lleguemos toda la vida —respondió Diego, sin dejar de sonreír. Su inglés era aún más fluido que su español, y su acento era impecable. ¿Cuántas veces habría viajado a Inglaterra? Por un momento pensé que viajar en el tiempo, ser un delta debía ser lo más cercano a ser inmortal. Eran como vampiros alimentándose de la historia en vez de sangre o tripas.

El niño no respondió, miró al delta y dio un paso adelante.

—¿Ustedes pueden hacer que acabe? —dijo en voz baja.

—Primero, vámonos de aquí —respondió Diego—, estás en peligro.

Un disparo silenció el bullicio de la cuadra. La gente comenzó a caminar rápido para ocultarse del fuego cruzado. Un hombre sospechoso, de mirada perdida y piel pálida, subía por la calle con los músculos de la cara contraídos, con la mano izquierda envainando una pistola y la otra guardada bajo su abrigo. El asesino comenzó a acelerar el paso y Mathew abrió los ojos como platos, nos hizo un gesto discreto y se escabulló por el callejón que separaba su casa del edificio vecino. Era tan estrecho que había que entrar de costado, sosteniendo levemente la respiración.

—Huck, cuando esté a salvo, vos serás la encargada de enfrentar al delta —me recordó Diego, ahora en español.

Escuchamos un segundo disparo. Richard Hunter intentaba atinarnos desde la distancia. Para nuestra suerte, en ese tiempo las punterías de las pistolas de mano no tenían el mejor alcance.

Mathew comenzó a correr calle arriba y, con destreza, se desvió hacia un segundo callejón a la derecha. Apenas pudimos entrar a salvo. Mientras, Hunter desplegaba un par de disparos encolerizados contra nosotros.

—No saben lo que hacen —dijo Hunter con frustración, al detenerse a recargar el arma.

Diego aprovechó la oportunidad, se internó en el callejón y, cuando encontró a Mathew, corrió con él hacia una taberna cerrada, bloquearon la puerta tras ellos y siguieron huyendo.

Hunter gritó, movió su arma de objetivo y nos apuntó a las dos que habíamos quedado atrás. Levantamos las manos, Ania me miró y, con una sonrisa cómplice, me dio su pañuelo.

—Será la octava vez este mes —dijo la chica.

Comenzó a correr hacia el atacante con determinación. Escuché un disparo, pero el eco de la bala fue acallado, esta vez, por huesos, carne y tejidos. El abdomen de la mujer comenzó a sangrar, me miró a los ojos y el azul propio de los iris de Ania se volvió marrón.

La mujer, ahora sin el dominio de la delta, comenzó a gritar mientras se desvanecía. Era un aullido de impotencia y pánico, que acabó con un charco de sangre en las calles de adoquines. Hubo murmullos y en unos cuantos segundos, cinco hombres que deambulaban alrededor se abalanzaron sobre el cuerpo para quitarle todo lo que llevaba encima.

Comencé a tiritar, vi a Hunter recargando y corrí. El delta, sin dejar de buscar a su verdadera víctima en el rabillo de sus ojos, empezó a acecharme, a paso acelerado y entre gritos, esquivando a los buitres humanoides en el suelo carmín. Mi respiración se sintió entrecortada, apenas podía ver hacia dónde me dirigía y mis pies se tropezaban con los desniveles de la calle. De repente sentí un fuerte empujón. Algo me había golpeado en el estómago y tirado con fuerza al suelo.

—¡Mira por dónde vas, escoria! —me gritó el conductor de un coche tirado por caballos que me había golpeado antes de casi atropellarme. Me dolía todo el costado izquierdo del cuerpo y no sentía que podría levantarme.

Pero entonces algo me rozó la oreja y sentí un pinchazo insoportable. Una bala me había atravesado el lóbulo y el ruido, un chillido que me llegaba hasta el centro del cerebro, me dejó totalmente aturdido. No podía ver más que sombras borrosas acechando mi cercanía como lobos hambrientos a una presa herida en un frío y nevado invierno. Grité desconcertado, me levanté y, cojeando, intenté escaparme del lunático, que ya casi me alcanzaba.

Cuando me acerqué a la esquina de Tottenham Court Road con Oxford Street, encontré la puerta entreabierta de la bodega de una fábrica. Dentro, aunque oscuro por la ausencia de ventanas decentes, distinguí unos silos de madera gigantescos, rodeados de escaleras y tubos. Tan rápido como pude, subí los peldaños metálicos entre barnizados y oxidados que llevaban a los niveles superiores.

—¡Deja de correr, maldito, y entrégame al niño, o los mataré a todos!

Seguí escalando sin mirar abajo. Sentí un segundo disparo que alcanzó mi pierna. Grité, pero estaba determinado a distraerlo hasta que se cumpliera su plazo y todo acabara.

Entonces escuché un nuevo disparo, y luego, un sonido

que jamás olvidaré. La madera estrangulada a mi lado, las uniones de metal crujiendo y el sonido inconfundible de una rama siendo desgarrada por la fuerza bruta, pero en vez de un palo, eran al menos 30 tablones colapsando desde el estanque. Sentí el olor fuerte de malta fermentada y vi el líquido marrón de la cerveza caer agresivamente como una cascada. En pocos segundos el agujero acabó de abrirse y el río de "porter" arrastró todo a su paso. La reacción en cadena hizo colapsar otros barriles y liquidó el cuerpo de Hunter, que golpeó con fuerza un estanque metálico.

Cerré los ojos y escuché más gritos. La fisura se convirtió en una ola, mujeres y niños corrían. Así, la calle se transformó en un río, aprisionando a todos los transeúntes en su cauce. Con la adrenalina al máximo, bajé las escaleras y comencé a bordear el río de cerveza, tratando de alcanzar a alguna de las víctimas. Tomé la mano de un niño y tiré fuerte, pero estaba muy pesado. Cuando finalmente logré acercarlo a la orilla, ya no respiraba.

—¡Thomas! —escuché y una mujer que corría río arriba me vio con el niño y comenzó a perder el control.

Antes de que pudiera levantarme, mi cabeza empezó a palpitar con una puntada increíblemente dolorosa.

III

—¡Huck, Huck, despertá, Huck! —me gritaba Diego, sujetando mi cabeza. Cuando me vio abrir los ojos sonrió suavemente—. ¡Lo logramos!

—Los maté, los maté a todos —respondí y comencé a angustiarme.

—No —respondió Diego y me abrazó, de alguna forma pude sentirlo—. Lo salvamos, salvamos a Mathew, destruimos a uno de esos seres. Mathew creció, salvó a mucha gente, estamos un paso más adelante de que la orden caiga.

Federico se acercó a mí sin comentar nada, me tomó la temperatura, vio las mediciones, revisó un par de datos y se acercó a su computadora.

—Sí, en esa fecha hubo un tsunami de cerveza, siete víctimas fatales —dijo—. No sé si fueron ustedes, aún no descifro cómo ampliar el rango electromagnético y crear alguna solución para poder medir los cambios —finalizó.

—Wow, Huck, hasta para destruirlo todo le das un toque —dijo Julia con una sonrisa—. Una ola de cerveza, ¡a quién se le ocurre un plan así!

—No era un plan… había niños, familias… —continué.

—Fue hace doscientos años, todos ya estarían muertos de todos modos —respondió Ania, como siempre, mirándose al espejo—. Es muy débil, debiéramos haberla dejado allá.

—No todos aman ver tripas cayendo como lluvia —le dijo Diego, con una mirada furtiva—. Huck, entiendo —se dirigió a mí y bajó la mirada.

—No lo entiendes —dije con tono grave. Me saqué todos los aparatos de encima y comencé a levantarme.

Ania se acercó a mí y sin dame un segundo para reaccionar, me empujó al suelo con tanta violencia que mi cabeza retumbó contra el cemento. Ahí me sostuvo ambos brazos y me miró directo a los ojos. Intenté soltarme, pero su fuerza era abrumadora, con sus uñas encarnadas en mis muñecas, su aliento traspasando mis cuencas nasales.

—Eres tú la idiota que no entender… —dijo con acento ruso—, eres débil, ¿no entiendes que por fin puedes hacer algo útil con tu apestosa, aburrida, reprimida y absurda vida sin sexo?

—Ania, déjala —dijo Diego y con dificultad me la sacó

de encima.

Me levanté, le escupí y me di vuelta a la salida. Aunque nadie me detuvo, solo llegué hasta la puerta de la casa. Algo pasaba, tuve un mal presentimiento, ese escalofrío al que ya me había acostumbrado. "Uno vivo", escuché. Era una voz que resonaba en mi cabeza. Una voz profunda, rasposa, de penumbra. Me agarré ambos costados de la sien, sentía un dolor punzante. "No dejes a nadie vivo", volví a oír. Me estaba volviendo loca.

—Huck —escuché a Diego—, disculpá a Ania, a veces tiene estrés post traumático por la guerra y se pone agresiva.

—Ania tiene razón, lo que están haciendo es muy importante, pero yo no quiero matar a nadie —dije y comencé a llorar mientras me ahogaba en mi saliva.

—Shhh, tranquila, aprenderás a controlarlo —dijo y me acercó un pañuelo.

—No, no está bien. Matar no está bien, no importa el contexto.

—Entiendo, creéme que entiendo. Pero...

—¿Qué sabes tú? Lo único que quieres es seguir existiendo —gruñí.

—Mirá, sé que vos no vas a confiar en mi palabra, pero sos especial, y no solo lo digo por las cosas que hemos hablado estas últimas semanas —dijo y sostuvo mi mano—. Todos nosotros tenemos rabia dentro, tenemos cosas de las que no estamos orgullosos, somos egoístas, sucumbimos cuando nos muestran la oportunidad de cambiar nuestro propio pasado. Quizá creés que no destacás mucho, que no sos la más reconocida en el salón o en tu familia, que todo el mundo te tiene lástima, pero tenés más de qué enorgullecerte que la mayoría. Sos fuerte, sos inteligente, sos desconfiada, lo que veo como una virtud, incluso simpática. No te voy a pedir que nos ayudés, sería injusto. Pero te prometo que, mientras siga existiendo, voy a estar procurando que no te encuentren, voy a protegerte— acabó.

Tenía la piel de gallina. Lo miré a los ojos y, por un segundo, vi cómo su imagen se volvía intermitente.

—Entonces, entiendes por qué no puedo seguir aquí —dije, aún con rabia.

Diego asintió con la cabeza, aunque algo desorientado. Yo di media vuelta y caminé rumbo a mi casa. No sé si el viaje en el tiempo había cambiado las dimensiones de las calles, o mi conciencia me estaba jugando una mala pasada, pero fue un viaje eterno hasta el metro y otra buena caminata hasta mi casa.

Un perro callejero, parecido a un pastor alemán, pero quiltro, me acompañó durante todo el último tramo, mientras pensaba. "¿Y si estos seres me estaban usando?", me dije a mí misma, "¿y si ellos son los malos?". No tenía sentido.

Diego me había hablado de muchas cosas en las semanas del experimento: su vida en Buenos Aires, lo asustado que estaba de desaparecer, su poco refinado pero eficiente dominio del francés, las aventuras que había tenido con los revolucionarios estadounidenses y de la vez que se escondió en un polvorín español en una guerra contra los árabes o de cuando traficaba películas de acción de Hollywood a Rumania para que se rebelaran en contra de la tiranía.

Sin embargo, algo justo debajo de mi hígado me decía que Diego no quería contarme toda su historia: nunca me dijo por qué desapareció exactamente y nunca me dijo a qué objeto terrenal estaba aferrado. Aunque bromeaba con que su alma estaba conectada al obelisco de la capital argentina, cada vez que le preguntaba al respecto se quedaba callado un buen rato.

Una vez en mi habitación, sostuve a Fabio entre mis brazos y comencé a mirar mi pared: había una mancha negra en el borde inferior por la suela de mis pies y una grieta que trizaba la pintura y el yeso en dos.

La cara del niño saliendo del agua no se quitaba de mi cabeza. No podía dormir, ni pensar, al menos meditar con claridad. Tenía que hacer mi informe de estudios cívicos, llevaba ya dos clases sin asistir pero quizás hacerlo despejaría mi mente de todo lo que ocurrido hoy. Tomé el computador, abrí el archivo y comencé a escribir sobre la historia de Pinochet y el proceso posterior a su dictadura. Detestaba escribir de Raúl Cornejo, una figura tan mediocre no merecía ni las alabanzas con que lo idolatraban, ni mi tiempo. Se decía a sí mismo que era "quien liberó al pueblo del dictador", pero en la realidad era quien había bajado una dictadura para instaurar una autocracia electoral, apoyado por guerrillas lavadas de cerebro.

Desde el '92 éramos la República Popular y Democrática de Chile, una pantomima de bajo presupuesto, con olor a participación ciudadana, como esos jabones con aroma a chocolate que tienen sabor a cloro al morderlos. Su reino, cuya presidencia había ganado ya unas cinco veces, se basaba en venderle todo a los chinos desde las empresas estatales para intercambiarlo por palacios más grandes. Su hijo era ahora su heredero más probable, ya que era ministro desde el 2003 y senador desde el '92. En realidad, el único candidato que el régimen había aprobado a la fecha. Claramente, mi informe no mencionaba nada de esto, pues me habrían expulsado de la universidad, o antes, mis compañeros me habrían linchado hasta el suicidio.

Capítulo 2: La campaña fallida

"La gente confunde opinión con convicciones o moral. Para algunos es totalmente inconcebible cambiar de postura, aunque se den cuenta de que se equivocan, y para otros cambiar las convicciones más esenciales es tan fácil como cambiar el modelo de teléfono móvil"

I

3 de mayo de 2015, El Cairo, Egipto.

Era alto, tan alto que a veces no cabía por las puertas de la ciudad. Su turbante blanco le daba un par de centímetros que, a primera vista, lo volvían aún más intimidante. El hombre, que ahora vestía un traje negro de oficina, caminaba calle abajo, sin respirar ni girar la vista de su objetivo. Cruzó el centro de la urbe, donde se erguía el estadio Alejandría, construido especialmente para el mundial de fútbol de 2010.

Estaba acelerado. Al alejarse un poco del núcleo cívico, alcanzó el final de una avenida principal, bulliciosa, llena de tiendas para atraer a los turistas y locales de comida rápida. El hombre entró, sin tocar la puerta, a una casa blanca, vieja, sin número, que parecía mimetizarse con el ambiente. Del otro lado, solo había una mesa de billar con paño rojo y dos palos fuera de posición. El juego parecía abierto, con varias bolas ya reclamadas, pero no había nadie alrededor, o al menos eso parecía.

—Sucedió de nuevo —dijo el hombre del turbante. Amid tomó la bola seis y la lanzó hacia el tablero.

—Entonces, ¿lo confirmaste? —se escuchó una voz femenina, rasposa y grave. La llamaban Chen Ying, la delta de las rosas negras, la heredera al trono de los Qin que nunca nació.

—Sí, mi señora, perdimos el barrio Saint Giles, de Londres. De alguna manera, el chico sobrevivió. Han aparecido más cambios, más deltas rebeldes; han desaparecido algunos del mediano mando, muertos —respondió el allegado.

—La explicación es simple, hay un viajero vivo en el presente —replicó otra voz desde las penumbras. Era más aguda, como la de un anciano.

—Matamos a todos los de esta era antes de que se reprodujeran —dijo Amid.

—Primero, los viajeros no se reproducen, solo nacen. Segundo, ¿están seguros de que están todos muertos? A uno lo hemos matado dos veces, quizá este es otro de sus trucos —respondió la delta.

—O el otro —dijo la voz del anciano.

—El "otro" hizo mucho daño, pero desapareció con gran parte de su obra. Solo quedó el muro de Berlín —señaló la mujer—. Quizás hay un nuevo viajero —añadió.

—De ser así, ya sabes qué tendríamos que hacer, no podemos permitir que esos monstruos se dediquen a cambiar la historia. Todo debe tener su lugar, todos deben estar en su lugar —respondió una tercera voz, la voz profunda.

El hombre hizo una reverencia, en su expresión solemne se notaba un tenue nerviosismo.

—Entonces, ¿qué debo hacer, amos? —preguntó Amid y bajó su cabeza en señal de reverencia.

—Alertemos a todos los núcleos de la orden —dijo la voz del anciano.

—Podríamos atraerlo, hay que buscar una carnada —replicó el hombre del turbante.

—Pero lo primero es proteger las estatuas —añadió la

mujer—, ¿hay algo que aún no nos hayas dicho, Amid?

El hombre del turbante asintió. Sacó un reloj de su bolsillo, viejo, roto y chamuscado, y se lo mostró a sus amos.

—Entonces está acompañado de algún traidor —sentenció la voz de penumbra—. ¿Alguna guerra perdida, alguna estatua faltante?

—Aún ninguna, pero podríamos pedirle a Niko que… —dijo otro de los hombres en la habitación, le llamaban Tren.

—Ese demente, ese demente casi destruye a todo el mundo con sus marionetas —gritó el anciano—, pero nos dio muchas estatuas.

—Niko le hizo un bien al mundo, borró mucha maldad —defendió la mujer—, ¿no es acaso ese el objetivo? ¿Velar por el bien en la tierra?

—Creó a un par de monstruos en el camino —dijo el anciano.

—Y nos encargamos de ellos, y nos encargaremos del resto —respondió la princesa.

El anciano respiró profundo, gruñó con sus pulmones, luego miró al hombre del turbante desde las sombras:

—Irás a Rusia, buscarás a Niko y luego a los traidores —sentenció.

II

Santiago, Chile, 16 de mayo de 2015.

Desperté alrededor de las 3 a. m. Un ruido, como un disparo o una explosión, había cortado el rumbo de la noche. No quería levantarme, pero entre el miedo y la curiosidad, el segundo siempre ganaba. Me escabullí hacia la ventana y miré afuera.

Eran dos soldados paramilitares y tres civiles, solo los

soldados tenían armas y uno de estos acababa de disparar al aire, por lo que aún sostenía su arma boca arriba. Los civiles, dos mujeres y un hombre —ninguno mayor de 18 años—, habían tomado unos palos y, sin moverse, tenían los ojos puestos sobre sus persecutores. Me refregué la cara para ver con claridad. Tenían unos carteles de propaganda. No alcanzaba a ver bien qué apoyaban y de quién era la cara en las fotos, pero los paramilitares, cuyo uniforme era claramente de la rama paramilitar callejera, estaban parados con una postura que les hacía verse serios y nerviosos.

Técnicamente, no era ilegal hacer propaganda para ningún partido o candidato. Todos tenían derecho a participar, expresar sus ideas en público y todas esas cosas que suenan bonito en el papel. Pero solo era eso, papel, palabras bonitas y un séquito de ciegos, tan convencidos de que llevaban la justicia en sus palabras, que estaban dispuestos a aplastar a cualquiera que no coincidiera con su ideal.

Cuando se acercaba la época de elecciones el ambiente se tornaba gris para muchos. Si uno no estaba a favor del gobierno o los candidatos elegidos por la familia Cornejo y sus cercanos, las cosas se hacían aún más difíciles, si no imposibles.

—Vándalos —rebuznó uno de los soldados. Yo miré con atención.

—Solo estamos pegando unos afiches —respondió la chica del grupo—, no queremos problemas.

—¡Cállense! —gritó el uniformado de más alto rango—, ultrajando propiedad pública, ensuciando la calle, amenazando al pueblo con sus ideas extranjerizadas y sus discursos. Solo hay una manera en que los dejemos ir.

—No tenemos nada de valor —dijo uno de los chicos.

—Acércate —dijo el miliciano al aparente líder de la banda. Este dio un leve paso adelante. El soldado sacó una cámara, su linterna y, encegueciendo al joven, comenzó a hablar.

—Baila —le dijo.

—¿Qué? —respondió el joven temblando.

—¡Ahora! —gritó el paramilitar, y el joven comenzó a saltar torpemente mientras los guardias se reían. Los otros dos jóvenes estaban helados.

—¡Detente! Di a la cámara por quién debe votar la gente en las próximas elecciones —finalizó.

—P... —dijo temblando.

—¡Dilo! ¡A quien vea este video! —insistió.

—Solo hay una opción honesta y que garantiza el futuro del país, la familia Cornejo —dijo rendido.

—Muy bien, muy bien —finalizó el paramilitar—. Ahora váyanse.

"Por favor, váyanse", pensé. Moví levemente la cortina, rezando a cualquier dios, santo, criatura mitológica o ser del más allá que no me vieran. Si algo pasaba, los soldados borrarían a cualquier testigo sospechoso.

—Les voy a dar hasta tres —dijo el mayor—, uno... dos...

Los tres jóvenes tiraron sus herramientas al piso, levantando un poco de polvo, y luego comenzaron a correr. Cuando iban a media calle, una de las chicas se detuvo.

—Esperen, mi mochila —escuché.

Fueron dos disparos, acompañados de un grito largo, que se extinguió como un fósforo.

—¡Camila! —gritó la compañera.

—Vámonos, vámonos, vámonos —le respondió el chico, le tomó la mano y la forzó a continuar el rumbo.

Los miembros de la PFDP, aquella milicia a la que Cornejo le había asignado el rol de protegerle la espalda al margen del marco legal, se acercaron al cuerpo de la chica, uno de ellos tomó algo de su bolso y lo puso en los bolsillos del cuerpo. Luego buscaron la mochila, sacaron una billetera y comenzaron a husmear hasta encontrar un cartoncito blanco. Adiviné que era el documento de identidad. Le sacaron una foto y guardaron todo nuevamente, lo más intacto posible.

Solo después de todo lo anterior llamaron por radio. A pesar de escuchar con mucha atención, solo distinguí frases como "sí, hubo fuego cruzado", "no, no parece tener familia política", "tenía drogas en su bolsillo, era drogadicta". Los milicianos tomaron los volantes políticos restantes y los quemaron a un costado de la calle antes de partir.

Una media hora después, una furgoneta negra llegó al lugar. Tenía los faroles apagados y se movía lentamente por las calles. No tenía ningún logo, marca de vehículo o matrícula.

Sus ocupantes, quienes llevaban puestos overoles grises, subieron el cuerpo a la cabina trasera, rociaron la calle con una manguera de presión que iba conectada al mismo vehículo y desaparecieron antes de que la noche los develara.

Solo ahí pude despegarme de la ventana. Corrí a cerrar la puerta con llave, encendí una linterna y lloré en silencio hasta quedarme dormida.

III

Cuando abrí los ojos, mi habitación era un desastre. Los cajones estaban abiertos, el computador encendido, la ropa en el suelo.

Mi noche había sido terrible. Mi viejo hurón dormía en mi falda y se daba vueltas para rascarse la espalda, así que intenté no despertarlo para salir de la cama.

El desayuno fue silencioso, sabía que todos habían escuchado algo, pero no sabía cómo preguntar. Mi tía estaba nerviosa, podía verse en la forma en que levantaba los platos o miraba por la ventana.

—Y, bueno… —comenzó a hablar Leonardo, y mi tío lo miró con ojos furtivos. Mi primo continuó—. ¿Qué? Sé que no estoy loco y todos nos despertamos anoche.

—No quiero que nadie salga de esta casa después de las seis de la tarde —dijo mi tía con tono histérico.

—Pero, mamá, esas cosas siempre pasan —dijo Roberto en voz baja.

—Pero es periodo de campañas —respondió tío Ángel—, esto va a crecer y crecer hasta octubre.

—¿Cómo saben que esto tiene que ver con las campañas? —pregunté, tratando de dilucidar cuánto sabían.

—Porque son viejos —les dijo mi primo Leonardo—, ¿no creen que ya estoy grande para que me castiguen? Tengo clases a las 18:00 algunos días.

—Solo… cuídense —dijo tía Verónica, sosteniendo la voz, pero sus ojos se desviaban hacia la ventana. Después de unos segundos se desahogó—. Silencio. Frida ha estado dando vueltas desde hace rato, esa arpía debe estar tras algo. Cambiemos el tema.

Mi tía encendió el televisor. Como era sábado por la mañana, solo había un par de noticias y programas de gobierno, la estática distorsionaba el audio y a veces bajaba el voltaje de la casa, pero ayudaba a romper el hielo.

—Gabriela, ¿ya no estás yendo a terapias de kinesiología? —me preguntó mi tío. Yo lo había olvidado por completo, era la mentira que había inventado para escapar a la galería a hacer los viajes.

—Eh, no —respondí nerviosa—, la kinesióloga está de vacaciones.

—Si necesitas ayuda para pagarlo, dinos —continuó tía Verónica.

Mientras, en la televisión daban un programa sobre las funciones del ministerio de Ciencia e Inclusión, "una de las grandes obras del siglo XXI, estos políticos van a explorar todas las áreas de las ciencias, desde las sociales hasta las más duras", decía en la televisión la misma voz grave que siempre narraba todo.

—Igual vas a seguir estando chueca —dijo con tono burlesco mi primo Leonardo.

—Qué mierda te pasa Leonardo, estás más insoportable que de costumbre —le dije mirándolo a los ojos.

Aunque ya había superado el tema de mi accidente, los insultos no dejaban de afectarme. "Chueca", "bruta", "amorfa", "cuasimodo", eran los comentarios más amables que había recibido de muchos compañeros en la escuela. Mis ojos se cristalizaron, más por la sensibilidad de la noche; además, el reloj de mi pared no me dejaba dormir.

Mi tía se levantó sin decir una palabra y se dirigió a su taller de costura, mi tío tomó su periódico y dijo:

—No hace falta que te diga que estás castigado, pero te lo digo: esta vez fue demasiado.

Acto seguido, se levantó y se fue a su habitación.

"Los científicos se preparan para entrar en el laboratorio", decía la televisión.

—Seguro se darán cuenta de que no estoy —comentó Leonardo. Tenía una risa cansada, la mirada tenue—. Disculpa, prima, no fue mi intención, no pude dormir bien.

—Querrás decir que no dormiste —respondió Roberto—. ¿Quieres que le cuente a mamá quiénes son tus amigos? ¿Dónde estabas anoche? O mejor, a papá...

—No lo harías —respondió Leonardo.

—Te escuché llorar, Leo. Si te pasa algo, estarás condenándonos a todos.

—No puedo creer que me digas eso, Roberto, tú, que eres el que nos está poniendo a todos en riesgo. ¿No? Quizá quieres que le cuente a mamá que su sueño de tener una nuera que vea la telenovela con ella jamás se va a cumplir, o nietos, o dos hijos hombres. ¿Crees que no sé a qué clase de lugares vas? ¿No es ilegal, ya sabes, acostarte con hombres?

Roberto se puso blanco, sus ojos se enrojecieron de rabia. Se levantó estremeciendo la mesa, un vaso cayó al suelo y se puso en disposición de ataque.

—O dos hijos vivos —vociferó entre los dientes.

Yo estaba petrificada. Leonardo lo miró a los ojos sin moverse, de a poco comenzó a esbozar una sonrisa, maliciosa y picarona. Roberto se detuvo justo antes de romperle la cara.

—Podemos declararlo una tregua, o podemos sacarnos los ojos, tú eliges.

—La gente muere todo el tiempo, Leonardo, quizá es tiempo de que comiences a acostumbrarte —le respondió Roberto. Jamás lo había visto así. Me miró avergonzado, esperando una reacción de mi parte.

—La gente muere —murmuré, y un montón de pensamientos pasaron por mi cabeza—, pero no tiene por qué ser así, mucha gente no tiene por qué morir —continué mirándolos—, especialmente si podemos hacer algo al respecto.

Leonardo me sonrió y Roberto exhaló rebuznando, como si se hubiera quitado un yunque de la espalda. Su mirada se tranquilizó, pero quedó absorto en mis ojos, como si esperara que comentara lo que dijo Leonardo.

"Y ahí van, los valientes hombres y mujeres de nuestra grandiosa patria a cumplir con su deber". Decidí apagar la televisión, me levanté y me acerqué al aparato. Por un segundo, fijé mi vista en la imagen.

—No puede ser —dije. Federico, el loco del búnker, estaba en la pantalla, saludando tímidamente a los camarógrafos entre un grupo de personas de bata blanca—. Ese hijo de puta —agregué en voz baja y apagué la televisión.

Tomé mi mochila, dejé un poco de comida para Fabio y salí avanzando calle abajo. Aún podía sentirse un leve hedor a pólvora y sangre. Me dio un escalofrío y un poco de arcadas. Al cabo de un kilómetro, mi espalda me estaba matando, casi no podía aguantar la mochila. Poco después escuché una bocina detrás de mí. Di un salto agitado y giré. Mi primo Leonardo hizo cambio de luces desde el cacharro que se había comprado un par de meses antes.

—¿Kinesiología? ¿Un sábado?

—Solo salí a caminar —respondí.

—Ah, qué coincidencia —dijo y esbozó una sonrisa—, yo también, si quieres te llevo. No es bueno andar en la calle sola en periodo de elecciones.

Lo miré a los ojos, sabía que me había atrapado. Exhalé fuerte y me subí al auto. Él comenzó a conducir y no me preguntó la dirección hasta varios minutos después, cuando nos acercamos a la línea del metro. Le dije que íbamos al centro, que vería a un amigo ahí. No me cuestionó ni preguntó nada. Tampoco hizo bromas. Algo andaba mal.

—Disculpa por lo de antes —dijo finalmente Leonardo—, a veces no pienso lo que digo. Mi hermano es una gran persona, no pienses mal de él por lo que dije, sea o no verdad —recitó, con los ojos fijos en la pista.

—No te preocupes —respondí—, ¿estás tú bien?

—Supongo que no —dijo—, pero son cosas de adultos.

—No eres el mejor ejemplo de adulto —respondí, tratando de molestarlo como siempre—, aún te castigan.

—No soy el mejor ejemplo de nada —dijo, serio y con un nudo en la garganta—. Gabi, no te metas en problemas, es una mierda de la que es difícil salir —finalizó. Se detuvo y abrió los pestillos—. Este mundo no puede cambiarse a punta de sacrificios, si no, solo quedará gente nefasta.

—No te preocupes —respondí.

—¿Aún sigues teniendo esos sueños? —dijo antes de que bajara.

—¿Qué sueños? —titubeé.

—Quizá no recuerdes, pero cuando eras muy niña, comenzaste a tener unos sueños raros. Un día preguntaste qué era Hiroshima y por qué quemaba la piel. Después de eso comenzaste a comerte las uñas hasta sacarles sangre, decías palabras en japonés. No creo que hayas estado consciente, pero ibas a terapia después de las clases. El punto es que… creo que tiene que ver con lo de Rusia, no sé cómo ni por qué. Llevo años pensándolo, cada vez que despiertas con resaca o llorando.

Estábamos a un par de cuadras de la galería, no le había dicho la dirección exacta y creo que lo sabía, pero no me preguntó nada más. Me bajé y antes de que emprendiera rumbo, dijo:

—Si quieres me llamas y vuelvo a buscarte.

Algo andaba muy mal.

Ya recuperada de la espalda, comencé a caminar calle abajo. Llegué a la entrada de la casa y mi corazón se aceleró. Aún no superaba mi último viaje, ni las experiencias que había tenido ahí. Me estremecía pensar en Federico. Si realmente era un agente del gobierno, seguramente me entregaría a las autoridades y así no seguiría viviendo en ese chiquero.

Luego estaban Ania y Diego. Había sentido su presencia en la última semana, como si me observaran. Cada vez que pasaba frente a un eucalipto, bajaba la intensidad del voltaje o la pantalla de mi celular se apagaba, miraba a mi alrededor como una loca. Cuando en clases de historia me tocaba ver un evento que parecía extraño, recordaba el proyecto.

En teoría, yo podía cambiar las cosas, cambiar el pasado

y cambiar el presente. Era una tentación que no me había dejado tranquila durante las últimas semanas. Ahora que se acercaba la época de elecciones, la idea de no vivir en un estado en vías al fracaso total, con miedo a decir una opinión o admitir lo que uno pensaba, con gente denunciándose todos los días entre sí para conseguir favores o sentirse mejor consigo misma, con una inflación del nosequéporciento, y con la PFDP con presencia en cada milímetro, se hacía posible y atractiva. Pero no iba a pasar, no iban a permitirse perder. A menos que…

No, estaba divagando, y aunque no lo hubiera estado, era una estupidez, me habían advertido no hacerlo. Cerré los ojos con fuerza y abrí la reja metálica. Caminé hasta la entrada y toqué levemente. Escuché un murmullo dentro, una silla moviéndose y rozando contra la madera del suelo y luego, el crujido del cerrojo. La puerta se abrió.

—Ju… J… Ju… —comencé a titubear.

¿Por qué estaba Julia en esa casa? Sí, era cierto que nos había acompañado en las primeras pruebas, era cierto que se había vuelto cercana a Federico, pero cuando me fui, supuse que su curiosidad se acabaría. No habíamos hablado nunca más del tema, ni siquiera en el trabajo, ni siquiera después de que Julia se fuera de ese trabajo por su primer comercial de propaganda. Tenía los ojos enrojecidos, uno de sus cuencos estaba tenuemente amarillo, como si hubiera tenido un golpe. Me costó reconocerla inmediatamente, sobre todo por su cabello castaño y corto.

—¡Huck! —dijo con tono afable—. Me dijeron que ibas a venir.

—¿Qué? —repliqué, sorprendida y cada segunda más molesta—. Julia, ¿qué te pasó? —dije, sujetando su cara.

—Nada, nada —respondió nerviosa.

Sabía que lo que me estaba diciendo era solo una parte de la historia. También me di cuenta de que olía extraño, algo ácido y un poco dulce, pero no quise ponerla más incómoda. Habíamos hablado poco en las últimas semanas y entendía que no me dijera que seguía yendo a la galería, aunque me enviaba los videos de cada una de sus apariciones en televisión.

—¿Puedo pasar? Necesito hablar con Federico. ¿Está?

—Sí —dijo y despejó la entrada de la puerta.

Cuando entré, todo estaba diferente; el mal olor de las primeras visitas no era tan fuerte, estaba más ordenado y considerablemente más limpio.

Apenas entré, Julia cerró la puerta. Me pidió que esperara un momento y bajó al búnker. Ese minuto que pasé sola se sintió como una eternidad. Respiré profundamente, me había distraído. No era lo que realmente iba a hacer.

—Huck —escuché la voz de Federico.

—Tú —le respondí. Me quedé congelada un momento, mis ojos se enrojecieron en rabia—. Te vi, necesito saber.

—¿Qué? —dijo, y se detuvo en una posición hostil.

—Te vi, esta mañana, en un video del Ministerio de la Ciencia.

Federico se puso blanco, caminó a una silla y se apoyó. Luego cerró los ojos con fuerza y abrió los labios.

—No, lo que tú viste fue la repetición de un programa de hace cinco años —dijo, murmurando mientras sostenía su cabeza entre las manos—. Un documental.

—Pensé que odiabas al gobierno —dije.

—Sí, pero amo la ciencia más, y pensaba que los únicos que tenían recursos para hacer ciencia eran los ministerios.

—¿Y?

—Los tienen, pero los gastan en estupideces —respondió—. Por eso se les están acabando. Huck, lo que estamos haciendo aquí es adelantarnos a lo que se viene sobre nosotros.

Las luces comenzaron a parpadear, me senté y sentí un

escalofrío familiar.

—Gabriela —escuché la voz de Diego, quien estaba parado frente a mí—, volviste.

Inhalé profundamente, intentando contener las lágrimas. Ania apareció solo unos minutos después. Su piel estaba aún más pálida y sus labios, azules. Sus ojos parecían dos lagunas secas. Miraba directamente el espejo de la habitación mientras tarareaba "Anastasia, Anastasia, no eres de Nikopol, Anastasia, Anastasia, no corras por favor, Anastasia, Ania, no lo olvides Anastasia, te está esperando, tienes que recordarlo, pero ¿cómo se llama?, ¿por qué me duele?".

—Escuchen, no volví porque me interesé ser parte de su experimento ni del orden mundial —dije y puse mis manos sobre mis pómulos enrojecidos.

—Entiendo que volviste para descubrir si soy un espía y matarme —respondió Federico.

—Eh, quizás —dije y tragué saliva—, pero he estado pensando en...

—Espero que no pensés en delatarnos —añadió Diego y me sonrió. Esa maldita sonrisa me atravesaba el estómago.

—Es que... —continué con el estómago retorcido.

—Sabés que alguien puede morir, si no nosotros, todos —reiteró el delta. Se acercó a mí y me sujetó ambos hombros con fuerza. Mi corazón se sentía extraño, mi estómago comenzó a entibiarse.

—Resulta que la gente muere, aunque yo no haga nada —sin levantar la vista, volví a dirigirme a Federico—, por eso quiero aprender a controlar esto, porque quizá yo termine haciendo daño si no lo hago —finalicé. La verdad, no estaba segura de por qué había vuelto. Primero fue por rabia, luego por esa estúpida idea, finalmente por avaricia.

—Gabriela —repitió Diego—, ¿qué tanto recordás de tu accidente?

Mi mente quedó en blanco. Su expresión estaba fija en mis labios, su sonrisa había sido reemplazada por una mueca de preocupación.

—No mucho —dije en voz baja.

—Ellos creen que vos estás muerta —me aclaró—. Ese día descubrieron que eras una viajera, mandaron a un comité, uno de los agentes de la orden te subió a esa rueda de la fortuna y luego te caíste. Lo hicieron porque eras… sos una amenaza para su plan.

—Entonces, ¿mi historia?

—Vos debieses haber muerto ese día —continuó Diego—, pero sos un milagro. ¿Recordás toda esa cháchara de "la historia es como un río"? —dijo, mirándome profundamente a los ojos.

—Sí —le contesté.

—Es peligroso querer cambiar la historia —añadió, serio, como si hubiera estado leyendo mi mente—. Los hechos históricos tienen una carga, no podés destruir esa energía, solo transformarla. A los deltas rojos les encanta aprovecharse de eso, las guerras traen estatuas, recuerdos dolorosos que los amarran a la tierra por siglos.

Entendía a lo que se refería, pero no por qué me lo estaba diciendo en ese momento. Me sentía como leyendo una novela sin entender la intención de los personajes. Luego miré a Federico. Diego me soltó y caminó hacia una silla, sin quitarme los ojos de encima, como si sospechara aún de mí.

—Supe de ti por la prensa —dijo Federico y sacó una carpeta marrón (típica de oficina) de uno de sus estantes. Luego miró a Julia y le sonrió, distraído—. La pequeña que salió volando de un juego de feria ambulante y se quebró la espalda con un fierro. Un centímetro más arriba y hubiera terminado empalada. Testigos dijeron que, en su memoria, eso jamás pasó. Otros, que un hombre difuso la había empujado. Ahí comenzó a tomar sentido en mi cabeza.

La carpeta estaba llena de recortes marcados en rojo y azul. Otros documentos eran planos, archivos o fichas de individuos y, entre página y página, fotos tomadas rudi-men-tariamente a edificios, estatuas y personas. Puse mayor atención al contenido de cada hoja. Federico parecía haber descubierto un secreto gigante y, entre dichas páginas, se encontraban un montón de referencias al gobierno de Raúl Cornejo. Efectivamente, mi accidente parecía estar en medio de su investigación.

—No entiendo —dije, mirando aún la foto de aquel juego metálico que me había provocado pesadillas toda mi infancia—. Si tenías todo esto, ¿por qué no me lo dijeron junto con todo lo demás?

—Porque… —dijo Diego— porque es peligroso que nos involucremos personalmente en tu historia. ¿Entendés? La razón por la que sos poderosa es porque te asumen muerta. Por eso te salvé cuando eras niña, o en aquel barco, cuando los ayudé a escapar... —finalizó, con una voz baja.

Me sonrojé. Si él me había salvado realmente, todo esto era un show infantil y desagradecido. Le debía mi vida y le respondí con un escupitajo, literal y figurativo. Pero, ¿cómo podía saber si eso era verdad? Hasta dónde sabía y recordaba, mi caída se había debido a que la rueda quedó estancada y resbalé por debajo de la abrazadera. Miré a Diego e intenté imaginarme cómo me había salvado. ¿Había matado a alguien? Él me respondió la mirada, como si intentara leer mis pensamientos.

—Pero ¿qué tiene que ver Raúl Cornejo conmigo? —pregunté entonces, tratando de cambiar el tema.

—¿Por qué crees que un hombre tan nefasto como Raúl Cornejo llegó a ser presidente de Chile? —me preguntó Federico, pero yo no elucubré nada que calmara mi mente.

—La gente tiene los políticos por los que vota —dije con

tono burlesco.

—Es fácil mantener el poder con promesas lindas y gente con esperanzas irreales —me siguió Diego.

—Así mueren las democracias —insistí.

—Bueno, se me ocurren un par de otras formas más violentas y con más muertos, pero sí, es una de las formas —la voz de Diego se tornó un poco más aguda.

El científico exhaló un gruñido, juzgándonos en silencio y siguió:

—Hace dos años, cuando yo trabajaba en el Ministerio de la Ciencia y la Inclusión, designaron a un equipo completo para investigar la historia de los Cornejo. Un día, un viejo compañero de universidad, al que le decíamos "el chino", porque era de China… Bueno, el chino llegó a mi apartamento en la noche, sin siquiera pasar a sentarse, me dio un libro de historia de Chile y se fue, pues pensaba que lo estaban siguiendo. El texto era una locura. Presidentes distintos cada seis o cuatro años después de la dictadura. Me junté con él dos veces. La primera me dio estos planos y me dijo que en su país natal estaban secuestrando niños para hacer experimentos con estas alteraciones temporales, venían a Chile pues para ellos era un caso "sospechoso de haber sido alterado" y porque buscaban a un sujeto de prueba a quien llevarse con ellos. Ahí me puse a conectar los puntos. Nos juntamos solo una vez después de eso. Me dijo que su comisión no había encontrado lo que buscaba, que iban a cerrar el programa de investigación. Me dio todos esos papeles en chino, otros en inglés y me dijo que probablemente lo iban a desaparecer. Lo hicieron. A mí me despidieron poco después.

—¿Por tu compañero? —pregunté. Estaba anonadada.

—No, porque era pésimo en mi trabajo. Imagina si hubieras estudiado siete años en Beijing y al volver, te pusieran a ordenar las fotos de ese gordinflón y, aún peor, llamarlo ciencia "social".

—Auch, eso dolió —respondí un poco molesta.

—Nunca van a ser ciencias, supéralo —reafirmó.

Diego se metió en la discusión para cambiar el tema.

—Cornejo y su hijo son marionetas, junto con toda su consorte. Sí, a la orden le gusta hacer experimentos, no me extrañaría que hayan cambiado la historia para dejarlo gobernar eternamente —dijo Carmozil—. Y para que lo recuerden eternamente —añadió.

—Pero —dije mirando los documentos—, ¿por qué meterse después del plebiscito, cuando hubo tantas personas a quienes podían haber controlado antes, hacer un imperio aún más fuerte?

—Dos cosas —respondió Diego, como si me siguiera leyendo la mente—. Primero, meterse con Allende y Pinochet está trillado, hay literalmente miles de libros sobre el tema, a la gente le encanta, compran todo —suspiró—. Segundo, porque significaba tener que redistribuir demasiados recuerdos y energía. Solo lograrías que algo peor pasara.

Cambiar la historia tiene una consecuencia: transformación de energía. El precepto de "la materia no se crea ni se destruye" también aplicaba para todo ese circo de magia. Como dijo Diego, evitar que los nazis ataquen con una bomba atómica, inevitablemente causó que los estadounidenses lanzaran otra. Era por eso que el estanque de cerveza había explotado. Y, sobre todo lo demás, era por eso que el gran éxito de ambos deltas había sido tirar abajo el muro de Berlín, no evitar que se construyera.

—Hubieran construido otro muro, o iniciado otra guerra —me aclaró Carmozil y volvió a dar su discurso—. La historia es como el agua. Uno puede intentar lanzar piedras en el río para cambiar su rumbo. Normalmente solo logra salpicarla, pero con una roca lo suficientemente grande...

inundas otro pueblo. Y eso, es lo que pasó con Lenin…

—Bueno —dijo Federico y respiró profundamente—, no creo que algo así les preocupe a quienes están experimentando con esto. Si alguno de ellos avanza, y no hay nadie que los detenga, hasta la orden de los deltas rojos lamentará haberles dado luces para crear la tecnología que están forjando.

Mi mente se nubló. Si lo que decía Federico era cierto, la decadencia del país, o más bien el intento de democracia fallida que regía al país, era mera culpa de un vacío temporal. No solo eso, ¿qué hubiera pasado si yo no hubiera tenido mi accidente? Probablemente estaría muerta.

Dicho accidente fue la forma de que mi nombre desapareciera del mapa y Diego me había salvado de morir, a medias. Ahora, si lo que decían era cierto, entonces jamás debí haber tenido ese accidente.

Cerré los ojos con fuerza tratando de recordar ese día, pero solo venían a mi mente imágenes dispersas, figuras, oscuridad, el sentimiento de vértigo, el grito de mi mamá. Podía recordar, como una película antigua, gastada por el tiempo, la rueda de la fortuna, yo escabulléndome. No, yo de la mano de mi primo Leonardo. Luego yo sola en un carrito de la rueda, mirando la barra suelta relinchar como un caballo herido. El metal crujiendo me asustaba. Finalmente, una figura de negro y luego, el sonido de un golpe contra el metal y mis huesos quebrándose.

Miré a Diego quien, cruzado de brazos, mantenía la vista fija en el suelo. Su tono era levemente transparente.

—Entonces, ¿qué hacemos? —resoplé—. Acá estoy. Tengo toda esta rabia acumulada dentro y estoy dispuesta a lo que se necesite. Y si esta máquina de verdad va a ayudar a las personas, si de verdad está en riesgo todo…

—Perfeccionamos la máquina, buscamos un par de cachivaches. Tú desvías un par de cosas, pero sin cambiar tanto el pasado, "Miss Efecto Mariposa" —me dijo Federico.

—Y en Chile, ¿no van a hacer nada? —pregunté, algo cansada—. Tengo que ver a mis vecinos ser llevados a interrogaciones día por medio. Mis compañeros de clase desaparecen porque no responden en sus pruebas lo bueno que es el sistema y el gobierno... O porque esos niños fanáticos los delatan.

—Te lo he dicho antes —me cortó Carmozil con un tono de voz más irritado—, mientras más lejos estés del hito que cambies, más segura estarás. Además, si llegaras a modificar algo que afecte tu propia línea temporal, podrías provocar que dejemos de estar en la galería y arruinar todo por lo que has trabajado. Vos sos la que recordás qué pasó antes de dormir; Federico y Julia tienen que buscarlo en libros, despiertan cada día teniendo que creernos. Pero si logramos acabar con el consejo, o al menos debilitarlo, podemos averiguar por qué tienen interés en una franja de tierra tan árida como esta. De momento, es peligroso que sepan que seguís viva —respiró profundamente y continuó—, estamos muy felices de que estés aquí.

—Han pasado un par de cosas en estas dos semanas, Ania está olvidando —dijo Julia, cargando algunos libros con ella. Eran viejos y oían a humedad.

—¿Qué le pasó? —pregunté y miré nuevamente hacia la delta fugitiva. Sostenía su cabeza con los ojos bien cerrados.

—Lo que tarde o temprano nos ocurrirá a todos —respondió Diego—. Si nunca exististe, simplemente se acaban tus recuerdos.

IV

Ania, Anastasia, lleva casi cien años atrapada en el olvido de la historia. Lo único que la mantiene atada al mundo es su pecado, intentar luchar contra el río temporal. Cuando existía, Anastasia nació en Rusia en periodos turbulentos, aunque no puede recordar bien el año, pues su memoria se pierde con su reflejo. Sí recuerda el día en que su familia fue arrestada por el ejército bolchevique y enviada a un campo de trabajo, ese fue el inicio de su larga venganza.

Anastasia no nació con poderes como yo, pero sí con una mente privilegiada. Durante su joven adultez fue enviada a la Alemania de la preguerra con sus abuelos que, aunque pobres, seguían siendo libres. Se dedicó a aprender de ciencias y política, esperando algún día poder volver a su país natal; incluso pudo entrar a la universidad. Cuando llegó el nazismo, Ania supo antes que nadie que una guerra se avecinaba y, de alguna forma, se convirtió en espía de Alemania en la Unión Soviética. Su objetivo personal era averiguar qué le había pasado a su familia, su misión era averiguar si Stalin tenía planeada alguna estratagema contra Hitler.

Al principio le costó entrar, pero después de un año ya era considerada una camarada más dentro de la esfera política. Ania era, como les comentaba, extremadamente inteligente, manipuladora y muy buena con los acentos. Había logrado convencer a los alemanes de que su relación con Rusia era meramente incidental y que en realidad provenía de Allenstein, una de las ciudades relegadas dentro del corredor polaco. Poco después de dicho año, logró encontrar a su familia. En realidad, sus tumbas; bueno, el registro de su muerte, pues estaban en una fosa común. Aparentemente no habían llegado a su destino final y habrían sido fusilados en un terreno cercano a una estación de tren en su camino a Siberia.

Estaba sola, mirando los documentos que acreditaban la ejecución de su familia, limpiando su rostro, cuando un soldado apareció y la descubrió llorando.

—Estoy buscando a alguien que tenga mucha rabia dentro y que pueda engañar a los rusos, alemanes y demases —le dijo—, ¿eres esa persona?

El soldado se llamaba Mikel Asimov. También era un espía y su plan (por muy loco que pareciera) era buscar a un viajero, a una persona que pudiera cambiar el tiempo y evitar que Stalin llegara al poder. Se decía que Stalin era una de esas marionetas de los deltas y que las muertes a su haber eran un poder fortalecedor para ellos. Ania pasó un año más en las sombras, buscando a la persona correcta, escondiéndose de las bombas en Londres y en Berlín, cambiando de nacionalidad y de idioma cada noche.

En enero de 1944 encontró a quien buscaba. Una mujer escocesa a la que le decían la bruja del barco hundido: Helen Duncan. La mujer era una charlatana, pero había atinado a algunas predicciones relacionadas con la guerra. Aún más importante, sabía idiomas que no tenía cómo aprender y de repente mencionaba hechos que jamás habían ocurrido. Anastasia la raptó, la llevó a Ucrania, a un pueblo escondido cerca de Nikopol, y ahí, en las venas de una mina abandonada, comenzó la operación. Duncan tenía una misión: viajaría a la Rusia zarista y orquestaría la muerte de Stalin durante la revolución. Lo logró, pero fue una decisión que le costaría la vida a millones de inocentes.

V

Diego me contó sobre Ania la noche anterior, pero no alcanzó a terminar la historia. Me quedé hasta tarde en el laboratorio poniéndome al día y observando con preocupación a la delta desvanecerse. Era lo que ocurría cuando la historia cambiaba y dejaban de existir, eventualmente desaparecían por siempre y se los olvidaba.

También aproveché de leer sobre el experimento del chino y descubrí que eran al menos cuatro los países que querían secuestrarme. A las diez de la noche, me di cuenta de que Julia no quería volver a su casa. Tembló y se retorció cuando dije que mi primo había llegado a buscarme (le pedí que nos acercara a ambas) y corrió donde Federico a despedirse, no solo con un abrazo, sino con un beso que duró al menos medio minuto.

—No te puedes quedar —le dijo él a ella—, será peor.

Caminamos lentamente hacia el punto de encuentro, ambas con la cabeza en el piso, cercanas pero incómodas. Tenía un dolor de estómago sutil, como un atisbo de tristeza, algo que me molestaba, pero a la vez me provocaba culpa.

—¿Julia, tú... y Federico? —susurré finalmente.

—No te conté nada, porque nos dejaste —dijo rápidamente, seria y enojada—. Primero intenté llamarte, te envié mensajes y no quisiste responder. Pensé que era tu amiga, no solo tu reemplazo en el aeropuerto. Solo me hablas cuando tú te sientes sola.

—Eres mi amiga —dije en voz muy tenue—, eres mi única amiga —repetí.

—Si eres mi amiga, entonces por qué me dejaste sola, por qué no te puedo contar lo que me pasa —dijo con un nudo en la garganta—. Federico es el único que me ha cuidado, me habla, me enseña muchas cosas científicas, me aconseja... La gente del canal de televisión es horrible conmigo —continuó, y una lágrima cayó de su mejilla, moviendo el maquillaje del delineador sobre su piel.

—De verdad lo siento, Julia. Estaba angustiada, Julia,

soy una cobarde, apenas puedo caminar dos cuadras sin comenzar a cojear. Mírate, eres perfecta, yo tengo sobrepeso desde los diez años, soy fea, no soy la mejor en nada. Y de repente se supone que tengo este poder y responsabilidad que no elegí y que al parecer es la razón porque soy así. Estoy enojada con el mundo, no contigo. Simplemente, no pensé que yo podía ser tan importante para alguien como tú —comencé a respirar agitada, tratando de contener las lágrimas.

—Huck, tienes que dejar de mirarme así. Escucha, nunca voy a ir a una universidad, aceptémoslo, apenas sé leer. Mi familia es fanática de las reuniones del Partido Cornejista, aplauden a la televisión cuando ejecutan disidentes, Gabriela. Mi mayor logro en la vida es beber Nacional-Cola frente a una cámara. Para mí, ser tu amiga, era... ser parte de algo científico... era importarle a alguien. Pero ahora es hacer realmente algo que cambie el mundo, aunque no tengo poderes.

—Nada de esto sería posible sin ti —respondí. Me sentía terrible.

Su cara, hasta entonces dolida, se suavizó levemente. Respiró hasta inflar el pecho, puso su mano sobre mi hombro y, tras unos incómodos segundos en el silencio, volvió a hablar.

—Na', mira, ambas queremos lo mismo, en el fondo —dijo y me sonrió.

—Supongo —le respondí la sonrisa. Al final de la calle vi el auto de mi primo esperando en la oscuridad. Volví a mirar a mi amiga, que tenía la vista perdida en el horizonte—. ¿Me perdonas?

—Ya te había perdonado, espero que sigamos siendo amigas después de esto.

La abracé y ella lanzó un pequeño quejido. Entonces volví a mirar sus brazos y su cara; no era uno, sino varios moretones.

—Julia, vas a tener que decirme qué te pasó.

—A mi padre… —dijo con timidez, respiró profundo y luego continuó— a mi padre no le parece que haya dejado el trabajo en el aeropuerto. Tuvimos una discusión, ahora trato de ser más fiel al partido. No destacar tanto. Pero estoy bien, no es nada.

Nos subimos al auto y la conversación tuvo que terminar.

Capítulo 3: La revancha de ultratumba

I

6 de junio de 1944, 00:50 a. m., Sainte-Mère-Église.

*He was just a rookie trooper and he surely shook
with fright,
He checked all his equipment and made sure his pack
was tight;
He had to sit and listen to those awful engines roar,
"You ain't gonna jump no more!"*

Así cantábamos cada vez que se acercaba el momento de saltar y hoy no era la excepción. Era un nuevo día para poner en riesgo mi vida. Mientras nos encontrábamos a punto de lanzarnos del avión, intenté recordar qué se supone que debía hacer cuando aterrizara. Mejor aún, cómo se aterrizaba un paracaídas. "Depende de ti, John", me dije a mí mismo y miré a mi compañero al frente, Paul. Cada vez era menos raro ser hombre, si no pensaba demasiado en eso.

*Gory, gory, what a hellu'va way to die ,
Gory, gory, what a hellu'va way to die,
Gory, gory, what a hellu'va way to die,
He ain't gonna jump no more!*

"Tu misión es no morir", recordé las palabras de Diego, esta mañana en el laboratorio. "John Steele no puede morir el 6 de junio de 1944. Ese día, un delta gris le disparó a

Steele en el aire, mantén tu guardia".

Lo único que tenía que hacer era permanecer con vida. Ya había sobrevivido antes, sobrevivir es más difícil de lo que parece, pero me estaba volviendo un experto. Me costaba mezclar mi consciencia con la de ese soldado, algo creído. Mis compañeros comenzaron a cantar más fuerte, intentando acallar el estruendoso sonido de los motores y las hélices de la nave.

> *He hit the ground, the sound was "SPLAT", his blood went spurting high;*
> *His comrades, they were heard to say "A HELL OF A WAY TO DIE!"*
> *He lay there, rolling 'round in the welter of his gore,*
> *And he ain't gonna jump no more.*

El coronel James M. Gavin nos dio las primeras órdenes. Paul, a través de cuyos ojos pude ver a Diego, miró al general un segundo, con algo de nerviosismo y duda. Observó su reloj y volvió a mirar al general.

—Aún es muy temprano —me dijo en voz baja.

Pero no había tiempo para dudar. Los primeros paracaidistas comenzaron a caer, arropados por la oscuridad de la madrugada, y era tiempo de que nosotros también saltáramos. Por suerte John, quien ya era veterano en esto, reaccionó por instinto y en unos segundos nos encontramos a la deriva del viento. Con la adrenalina al máximo, comencé a meditar mientras veía a mis compañeros ya desenvainando sus paracaídas debajo de mí. Escuché el primer disparo y vi a los soldados germanos apuntarnos con el dedo. "No los escuches, vas a ver a tu hija, John, eso es lo importante, vas a verla crecer". Lo cierto es que nos habían identificado. Comencé a luchar con John para esquivar las balas mientras veía impotente cómo mis compañeros eran asesinados en el aire o capturados ni bien tocaban tierra. Uno de ellos, el mismísimo coronel Gavin.

Era obvio que moriría ahí, no necesitaba un delta que me asesinara, la misión había sido un desastre. Había casas quemándose, probablemente por el ataque incendiario que estaba previsto, pero que también los habían alertado sobre nuestra posición. Solo esperaba que los otros puntos de la operación no hubieran resultado así de mal. Se suponía que ese sería el día que cambiaría el curso de la guerra.

Mis camaradas gritaban como puercos, los alemanes gritaban como alemanes y comencé a entrar en pánico. Entonces escuché un disparo, como un látigo chirriar. La bala atravesó mi pantorrilla y el impacto me desequilibró totalmente. Sentí calor, pero no podía pensar en dolor en ese momento. Cerré los ojos por dos segundos, lo único que me importaba era tocar el piso rápido.

Entonces, entre el polvo, la bruma marina, el humo de los fusiles y el olor a sangre, distinguí el techo de la iglesia del pueblo. ¨Si llego ahí, va a ser más fácil escabullirme de las balas, probablemente pueda esconderme¨, pensé. Pero eso no era lo que se enseñaba y John insistía en llegar a tierra. Forcé mis brazos, cerré los ojos y esperé a sentir el golpe contra el piso, quebrarme un par de veces las piernas y ver si podía arrastrarme fuera del campo de batalla.

Los disparos y gritos retumbaban en mis oídos conforme me acercaba al final. Pero en cosa de segundos, todas las voces y ruidos se volvieron ecos en mis tímpanos, opacados por una sensación que se cobró todo mi aliento. Sentí un tirón en la entrepierna, un golpe en la espalda y mi cadera saliéndose de su lugar. Luego, mi cuerpo se zarandeó como si una ola me hubiera arrastrado y revolcado repetidas veces en la orilla de una playa. Entreabrí mis ojos y solo vi polvo y humo, no podía respirar, no podía pensar y el dolor se había mimetizado con todas las otras sensaciones.

Luego de unos interminables cuarenta segundos, estaba quieto al fin, pero sentía una sensación de suspensión, que me tiraba la entrepierna y los brazos. Aún escuchaba el ruido de las balas, los gritos y la persecución a mi alrededor, por lo que, aunque estaba muy aturdido, todavía no estaba muerto. Algo había cambiado.

Abrí levemente los ojos y vi a los alemanes disparándole a mis compañeros mientras estaban a punto de caer y atrapando a los que quedaban vivos. "Quizá creen que estoy muerto", pensé, "creen que estoy muerto, o estoy muerto y así se siente". Me quedé quieto, volví a cerrar los ojos mientras pensaba qué hacer. No estaba seguro de que pudiera moverme y el conflicto no tenía cara de alejarse a otro lado.

Pasaron varias horas, los gritos, las balas y la noche. Los cuerpos, tanto nuestros como del enemigo, se acumulaban en la roca y la tierra del piso. Varias veces me desmayé por el dolor o la agonía, pero procuraba no moverme bruscamente al despertar. En la suma y resta que podía hacer desde mi posición, parecía que habíamos sido derrotados. Me calmaban mis recuerdos del futuro, pero aun así todo parecía perdido.

Un camión del ejército alemán pasó para llevarse a los sobrevivientes, mientras quienes estaban aptos ayudaban a mover los cuerpos a una camioneta y recolectaban los nombres de las placas de identificación. Yo tenía la garganta seca, apenas podía abrir los ojos y sentía que si hubiera muerto en el camino me hubiera ahorrado un buen sufrimiento. Un cuervo negro se posó sobre mi cabeza y comenzó a graznar llamando la atención y picando con fuerza una de mis heridas.

Al verme, uno de los soldados llamó a dos compañeros y subieron al techo de la iglesia para buscarme. "Warte mal, Er atmet", resopló rápidamente el soldado mientras buscaba mi identificación. Por la reacción de sus camaradas, se habían dado cuenta de que estaba vivo.

Me bajaron de la iglesia a manotazos mientras los franceses me aplaudían desde sus casas. De seguro me llevarían para ejecutarme, pero al menos el delta no se había salido con la suya.

II

Todo estaba oscuro a mi alrededor cuando por fin recuperé la conciencia. Me vi a mí misma en la galería, pero no había nadie a mi alrededor. Parecía que hubieran pasado veinte años y los colores se hubieran desvanecido. Hacía mucho frío y olía fuertemente a eucalipto quemado y un ruido que venía desde el primer piso. Me levanté lentamente, muy mareada, y comencé a arrastrarme hacia las escaleras. "Me queda poco tiempo, no soy una amenaza para ustedes", escuché una voz, más claramente. Todo me parecía fuera de lugar, así que, con precaución, comencé a deslizar mi vista al primer piso.

De alguna manera era distinto a la galería, parecía una casa abandonada, oscura y no tenía vidrios en las ventanas. Ania estaba ahí, pero no temblaba como hacía unas horas. Frente a ella se erguía otra figura que nunca había visto en mi vida y que ojalá jamás hubiera visto. Un hombre delgado, de ojos blancos y piel grisácea, que sonreía sin decir una palabra. Llevaba un uniforme soviético antiguo y el pelo engomado.

—No estás en Rusia —dijo finalmente, con una voz aguda que me recordó el lamento de un puerco a punto de morir.

—Tú ya conseguiste lo que querías —dijo Anastasia, en ruso, con la voz calma y fuerte.

—Estás protegiendo al viajero, y vas a volver a provocarlos —respondió la voz—. Ya lo encontraré —dijo finalmente.

Ania no le contestó, dio media vuelta y se dirigió hacia mí en su camino para encontrar algo que lanzarle al espectro. Cuando finalmente me vio, sus ojos se pusieron como platos.

—Despierta, ahora —me susurró.

Mi vista comenzó a nublarse y sentí como si la habitación se hubiera comenzado a quemar espontáneamente. Todo se volvió blanco, como si estuviera atrapada en una neblina tan densa que ni siquiera me dejaba ver mis brazos. Aunque cerrara los ojos, seguía perdida en esa blancura que me penetraba los huesos. No tenía necesidad de respirar, no estaba segura de que estuviera de pie o sentada, y no sentía ni frío ni calor. Volví a cerrar mis ojos, pero no lograba hallar mis párpados. Entonces vi, sobre mí, una silueta grisácea, como un óvalo acercarse. Mientras más se aproximaba, más podía distinguir las facciones de un rostro: la cara de Diego, pálido y asustado.

—Gabriela... —lo escuché, como un eco, que en un segundo se volvió más fuerte.

—Diego —respondí.

Cerré los ojos y al volverlos a abrir me encontré de nuevo en el laboratorio. Diego me estaba tomando la mano y Julia terminaba de inyectarme algo en el brazo.

—Tuviste espasmos, creo que son resultado del viaje —dijo Federico, abriéndome el párpado con una mano e iluminando mi pupila con una luz con la otra—, pero no parece que haya dejado algún daño colateral.

—Necesito que me digas qué intentabas cambiar, para que veamos cuál fue el resultado —dijo finalmente Julia.

Antes de que se me olvide: milagrosamente, John Steele sobrevivió a la Segunda Guerra Mundial. Pretendían utilizar a los rehenes para negociar con Estados Unidos, pero John escapó apenas estuvo recuperado de sus heridas. Si historia se volvió un monumento para la ciudad (pueblo, en realidad) y falleció años después, junto a su familia. El delta que debía matarlo murió en manos de Diego, quien al caer alcanzó a dispararle antes de que lo atraparan.

—Es increíble —dijo Federico, mirando las lecturas en su computadora—, es como si quedaran rastros de todo y se fueran borrando de la historia lentamente. Lo suficientemente lento para leerlos.

—Sí, y también para que no signifique un shock tan grande para la línea temporal —agregó Diego.

—¿Dónde está Ania? —pregunté, aún con dificultad para levantarme.

—Desapareció hace unos minutos —respondió Julia—, salió al túnel a regenerarse un poco.

—Creo que Anastasia está siendo perseguida por un delta —dije y miré a Diego—, creo que eso está acelerando su deterioro, está atrapada con ese monstruo.

—Ania ya llevaba varios meses palpitando antes de que te conociéramos —respondió el delta con tono serio, sin ponerme demasiada atención. Su vista estaba perdida en un montón de documentos sobre la mesa.

—Antes de volver, la vi atrapada en una especie de... era como esta casa, pero abandonada. Y ella estaba discutiendo con un hombre con ojos blancos y....

Diego hizo un ruido con la garganta y abrió los ojos, como si hubiera entrado en pánico. Giró la cabeza y sujetó la esquina del escritorio frente a él.

—¿Qué dijo? —murmuró en voz baja—. Necesito que me digás qué dijo exactamente. ¿Sabe que estamos acá? —su tono se alteró hasta tornarse agresivo.

—Creo que Ania lo está alejando, estaban hablando, ella le dijo que no era una amenaza —respondí.

El delta comenzó a dar vueltas por la habitación, "esto está mal, esto está muy muy mal". Sus pasos eran cortos y de pronto se fue poniendo transparente. Se acercó a las máquinas para leer los resultados y se tomó la cabeza con ambas manos.

—No podemos dejar que te encuentre —murmuró Diego—. O que sepa que yo estoy aquí —dijo finalmente.

—¿Ahora qué problema hay? No entiendo nada —dijo Federico, quien me trajo un vaso de agua.

—No hay nada que entender —respondió Diego—, a menos de que haya algo más que recordés y no nos hayas dicho —finalizó y me miró a los ojos.

—Anastasia… le habló en ruso —murmuré—, aún recuerdo algo, pero muy vago del idioma.

—Es exactamente lo que temía —respondió Diego.

Respiré hondo, me levanté y caminé hacia el túnel. Había una carga histórica muy fuerte que oscilaba como una ola de aire caliente empujado por una brisa. Excepto que, además de calor, se sentía una presión eléctrica. Diego me siguió, se sentó a mi lado y cerró los ojos para respirar profundamente ese extraño aire.

—Siento que hay algo más que estoy olvidando —dije, y apoyé la espalda sobre un tubo polvoriento.

—Ya lo recordarás —me respondió el delta, aún con un tono nervioso—. Por el momento, vamos a estar pendientes para que nadie te encuentre.

—¿Y Anastasia? —pregunté. Mi barbilla tiritaba y sentía el calor en mi cara.

—Ella sabrá cuidarnos la espalda, espero —continuó—. Ania fue la primera persona que conocí cuando escapé de la orden de los deltas —sentenció.

—¿Fuiste parte de ellos? —pregunté, mirándolo a los ojos.

Diego me tomó de ambas manos suavemente. Sentí un

temblor en mi cuerpo. Mi respiración se agitó y mi corazón quería salir de mi pecho. El delta sonrió.

—Cometí un error que me costó mucho aceptar —respondió.

—No entiendo por qué guardas tan en secreto lo que hiciste.

—Porque nunca me perdonarías —dijo finalmente. Miré sus ojos cristalizados. Su nariz se movía un poco, como si un cosquilleo le deformara el rostro—. De cualquier forma, solo tuvo un par de consecuencias.

Sentí una puntada detrás de la nuca. Grité y cerré los ojos y volví a ver al anciano: su rostro y su macabra sonrisa, acercándose lentamente hacia mi boca. Era como una cicatriz en mi cerebro. Sujeté mi sien y la sacudí para borrar ese rostro. Diego tomó mi cabeza con sus manos y la puso contra su pecho. Podía sentir un leve y decadente palpitar, en unos minutos me había calmado el dolor.

—No puedo dejar que te encuentre —murmuró otra vez y me apretó más fuerte.

Levanté el rostro y vi que su expresión estaba fuertemente marcada en el horizonte. Una actitud seria que incluso me causó estremecimiento y preocupación.

—Creo que puedo cuidarme sola —dije e intenté sonreír. Él respondió la mueca, pero inmediatamente cambió el rostro hacia aquel estado de preocupación inerte.

—Tengo que desaparecer un par de días, tengo un plan —dijo, serio—. Ni se te ocurra meterte en líos mientras no estoy —finalizó.

A veces me ponía un poco nerviosa su tono. Era paternal, luego sarcástico, luego protector, impredecible e interesante. No entendía qué sentía por mí y mucho menos qué esperaba de mí. Además, me molestaba pensar que podía sentirme atraída hacia alguien que... ¿puedo siquiera decirle "alguien"? Diego me sonrió, como si tratara de leer qué estaba pensando. Su rostro triste, sus ojos oscuros comenzaron a acercarse.

Entonces Federico nos llamó para mostrarnos los últimos resultados de su investigación.

III

20 de junio de 2015, El Cairo, Egipto.

El viento levantaba el polvo por las calles de El Cairo. Mientras el sol bajaba rápidamente para esconderse del reflejo del Nilo, las luces de las calles comenzaban a reaccionar, encendiéndose para alejar la noche de las calles, que recién se calmaban tras casi cuatro años de guerra civil.

A las ocho de la noche, mientras Omar Gamal cerraba su tienda de recuerdos para volver a su departamento, ubicado en las afueras de la ciudad, un ruido como el aullido de un perro desesperado quebró el ambiente. Gamal era un hombre de edad mediana, altura promedio, contextura ancha y un poco pasado de peso, ojos marrones claros, barba de una semana y ropa simple. Aunque estaba acostumbrado a ver animales sufriendo en las calles, la curiosidad lo arrastró al callejón contiguo, donde normalmente se tiraban las cajas o se escondía la basura.

No había nada, pero el ruido se escuchaba más vivo que nunca. De pronto sintió que su pantalón se calentaba. Sacó su teléfono celular y vio cómo parpadeaba, se reiniciaba y la batería parecía derretirse. Quiso volver y al girar para hacerlo, vio la luz de la calle apagarse. Su cuerpo se petrificó. Se había enfrentado a muchas cosas en su vida, pero jamás a aquel pánico paralizante. Volvió a escuchar el aullido. Miró a su costado y distinguió al fin de dónde venía:

la casa de al lado. Tenía una sensación horrible, curiosidad y un sentido del deber. Sobre todo, de resolver ese enigma. Intentando hacer el menor sonido posible, asomó su cabeza a la altura de la ventana y pudo ver tres figuras discutiendo alrededor de una mesa. Luego, tras la intermitencia de las luces, otras dos se sumaron. A Omar le pareció que se veían como fantasmas y hablaban en una lengua que, si bien se oía familiar, no lograba entender.

—¿Qué está haciendo ese inútil con su tiempo? —dijo la rasposa voz de Chen. Cuando se la veía cerca de una ventana, se podía notar su aspecto penumbroso, su largo cabello negro y sus ojos blancos, como un cadáver en descomposición.

Entre sus dedos llevaba un hilo delgado y anaranjado, que enredaba y soltaba con sus uñas. Detrás de la mujer, dos hombres sentados jugaban a las cartas con unos relojes viejos sobre la mesa, escuchando pero sin participar activamente en la discusión.

—Tú, resume la razón por la que estamos aquí reunidos —dijo la princesa.

—Se borraron los estadios, ¡edificios completos! De alguna manera logró que el mundial de fútbol se hiciera de nuevo en Sudáfrica, eliminó tres estatuas de la Segunda Guerra, cuatro de la Primera y para qué hablar de Canadá, de… —dijo una de las figuras, con la voz apagada, ahogada en su propio aliento—. Han desaparecido cuatro deltas rojos, quien sabe cuántos grises…

Su nombre era Tiziano, era bastante robusto pero más joven que el resto. Llevaba un largo sombrero azul sobre su cabeza y una túnica negra le cubría el cuerpo. Era el primerizo de la reunión.

—Es peor que solo eso —respondió una delta gris. Su aspecto, ojos y forma de vestir eran similares a los de Ania. Se llamaba Lorene—. Otros han perdido fuerza, hemos perdido… los gobiernos, hemos perdido revoluciones.

—Hemos procurado que la guerra silenciosa sea activa. Les hemos mostrado las pruebas y convencido de que los otros están a punto de descubrir la clave para ganar las guerras del pasado —dijo el hombre más anciano, que aún se sentaba imponente a la cabeza del juego, sin moverse demasiado.

—Mis señores, el centro de China había avanzado mucho, pero el científico que encabezaba el proyecto falleció, o sea, lo condenaron por traición. Estados Unidos ya tiene todo listo para experimentar, pero nunca encontraron a un viajero. Ahora nuestra mayor oportunidad es Turkmenistán, quizá solo deberíamos intervenir —dijo un delta gris alto, de lentes oscuros y cabello pelirrojo, que se encontraba apoyado contra la pared. Era Tren.

Las luces comenzaron a parpadear y un corte súbito dejó la habitación iluminada por tenues velas apenas incandescentes. Al volver a encenderse, un hombre gigantesco, cuya cabeza rozaba el techo, de cabello blanco, barba y cubierto de un montón de pieles, apareció en medio de la habitación. Omar no podía creer lo que veía, ¿de dónde había salido tal monstruo?

—Ah, ahí estás, Björn, estúpido —dijo la voz profunda del anciano, invisible a los ojos de Omar, quien observaba petrificado—. Siempre el último.

—No digamos que estaba jugando —respondió el vikingo y con un movimiento puso un cráneo humano sobre la mesa. Era blanco, casi cristalino, y tenía dos dientes de oro.

—Saca tus cachivaches de acá, bárbaro gris, asqueroso —gruñó Chen.

—Cuando me tiña de rojo verás, anciana —dijo el gigante.

—Silencio —dijo el anciano y en la habitación todos se quedaron helados—, los convoqué hoy porque tengo algo que decirles y es que la orden debe estar atenta. Hay un viajero en algún lugar, y tarde o temprano tratará de cambiar su propia historia, intentará desplegar ese mal que hemos controlado por tantos siglos —gruñó.

—Quizá debamos investigar qué pasó con ese hombre de ciencia de China y quién pudo haberlo contactado —dijo Tren, mirando el cráneo que yacía sobre la mesa.

—¿Ya han contactado al hombrecillo lunático? —preguntó Björn.

—Acá estoy —respondió una voz aguda y escalofriante.

Todos en la habitación se levantaron y desviaron sus miradas al fondo de la habitación. Niko estaba apoyado en una esquina. Su casco semi calvo, sus ojos blancos y su nariz carcomida lo hacían ver como un cadáver de varias semanas. Su clavícula alcanzaba a marcar su camisa blanca y sus pantalones negros lo hacían ver como un muñeco de ventrílocuo maldito. Sonreía, dejando ver su dentadura, también podrida.

—Nadie te invitó aquí —dijo Tren, quien se había dispuesto en postura de defensa.

—Ah, pero si acaban de mencionar mi nombre —dijo el delta loco con voz profunda.

—¿Dónde está Amid? —inquirió el anciano. Los dos hombres en la mesa detuvieron su juego y se levantaron.

Niko comenzó a reír con locura, tan fuerte que se atragantaba con sus propios espasmos.

—Ya no hay Amid —su tono era serio y rasposo.

Los deltas se ubicaron con impronta amenazante, con sus ojos fijos en aquella insinuación.

—Hey, hey —dijo finalmente el delta loco—, ustedes tranquilos, que ya casi tengo la respuesta.

—¿Has investigado a los posibles traidores? —dijo el anciano, con respiración cortada. Sus manos, cubiertas con guantes de cuero, se marcaban esqueléticas. Sus dientes apenas se veían, si es que había alguno en su boca podrida.

—Quizá, solo necesito un par de almas más —respondió con tranquilidad.

—Siempre estás en el filo de la irrelevancia, ¿no? —preguntó Tiziano con arrogancia en su voz. Niko abrió los ojos con agudeza, su expresión y postura cambió de golpe.

—Eh, detente, romano —dijo Björn y tomó una jarra de cerveza.

Los dos hombres se acercaron a la escena; eran deltas grises, corpulentos y más jóvenes.

—Soy inmortal —respondió el delta loco, con un dejo de impaciencia en su voz.

—Eres una vergüenza para esta institución, un tonto útil —respondió Tiziano y los dos hombres se interpusieron.

Niko despegó su espalda de la pared, comenzó a caminar hacia el novato y, esquivando a los dos deltas con un pestañeo, atrapó al italiano, clavó sus dientes en su cara y con su brazo lo atravesó. Una luz salió, iluminando toda la habitación. Omar sintió que se orinaba.

En unos segundos, el delta desapareció en una estela de humo y estática. Niko tiró sus ropajes al suelo y los miró a todos con la misma agudeza, mientras su nariz comenzaba a regenerarse, así como algunos de sus dientes. “Soy inmortal”, repitió, y con una fuerte baja de voltaje, desapareció de la escena.

Los deltas miraron a Chen, quien les hizo una seña con el brazo y los invitó a sentarse.

—Siempre es lo mismo —gruñó Björn.

—Niko entiende que para asegurar el bien, hay que cometer algunos pecados —dijo Chen con una mirada fija en el anciano, quien simplemente emitió un sonido de afirmación áspero—. Pero mientras él se dedica a esos pecados, debemos encontrar un nuevo punto para atar las almas —

continuó la princesa—, es la única forma de seguir con nuestra labor.

—Algo, algo que si bien no altera el orden mundial, sea recordado… —respondió Lorene, la única joven, de ojos azules.

Omar decidió que era momento de irse. Con cuidado, deslizó los pies para bajar de la caja de verduras sobre la que había logrado apoyarse. Se detuvo un segundo para respirar y comenzó a caminar en dirección a su casa. Sus pasos, cansados, retumbaban contra la cerámica del piso. No levantó la vista hasta dilucidar qué había alguien frente a él: una figura penumbrosa bloqueaba el paso.

—¿No quiere ir a la fiesta? —lo escuchó bramar en árabe formal.

El vendedor de baratijas se quedó petrificado, sin saber bien si moverse o entregar todas sus pertenencias y correr. Y es que cada noche, antes de salir, vaciaba la caja de la tienda y caminaba con las escuetas ganancias calle arriba, para luego esconderlas debajo de su cama en una trampilla, hasta fin de mes.

Comenzó a retroceder, tropezando como si sus piernas fueran de goma. Entonces sintió otra voz a sus espaldas: "Basura entrometida". Por la expresión en su rostro, supo que todo había terminado. Su cuerpo fue encontrado en un basurero de ese mismo callejón la mañana siguiente. El dinero seguía intacto en sus bolsillos.

IV

22 de junio de 2015, Santiago de Chile.

—¡Dejen de mentir! —gritó, parado en medio del jardín del campus, señalando con el dedo la tarima sobre la que el presidente del directorio de la Federación Estudiantil se había levantado con una lista en la mano. Era un chico de cabello castaño, no muy alto, y llevaba una polera negra. La multitud aglomerada se volteó a verlo, un par lo abucheó, pero la directiva se mantuvo en silencio.

"Por supuesto", pensé, "sindicatos de estudiantes".

El año anterior, cuando aún estudiaba derecho, me tocó presenciar un show similar y varios detractores habían sido expulsados, o linchados públicamente. Pero este año, esos opositores se habían sumado a las elecciones generales y los ánimos se habían erispado como la cola de un gato encabronado. No les puse mucha atención, no voté por ninguno, pero aproveché de comer por varios días "los regalos" que daban para conocer sus ideas. Todos los años postulaban dos listas, ambas decían lo mismo, ambas eras asesoradas por el gobierno.

—El compañero está furioso porque no cumplió los requisitos para postular su patético intento de gobierno estudiantil —dijo el presidente a través del micrófono.

Tenía una sonrisa malintencionada que le cruzaba la cara y que fue acompañada por la risa ahogada de sus colegas.

—Estoy furioso porque año a año cierran las urnas o les ponen papeles quemados, cambian los estatutos y luego me dicen a mí el alborotador. Estoy furioso porque ahora estás llamando a la gente de este patio a votar por un grupo de asesinos —respondió el chico. Algunos de los espectadores retrocedían, otros abucheaban más fuerte, otros se acercaban hacia él pasivamente.

—El único asesino es Pinochet, nosotros solo exponemos a quienes dicen barbaridades que merecen ser castigadas —respondió el presidente, con voz triunfante. Un grupo a su alrededor comenzó a aplaudir. Yo miraba en silencio, mientras escuchaba una música resonar leve-mente en alguna de las salas.

Como era de esperar, rápidamente dos PFDP se pusieron en medio del patio, separando el espacio que limitaba a los dos bandos, pero con la espalda hacia la tarima.

—Ustedes son asesinos, espías, le entregan la vida de los estudiantes a un grupo de policías políticos porque esperan alcanzar algún tipo de superioridad moral. La entregaron, ¡ustedes, malditos, entregaron a mi hermana! ¿Por qué? Porque dijo en clase que la gente en Australia vive mejor que en Chile. ¡Ustedes son asesinos! —gritó el estudiante, pero los representantes estudiantiles solo soltaron una carcajada e hicieron un gesto a los guardias armados—. O sea, no tienen nada más que decir... Así es esto —cerró el chico y se arremangó ambos brazos, dejando ver unos tatuajes de patrones geométricos que recorrían desde el codo hasta las muñecas.

Los PFDP hicieron un gesto con la barbilla y comenzaron a acercarse al chico. Me acerqué a la baranda del pasillo desde el que miraba y apreté mis manos contra el mango de madera, enterrando mis uñas. Me sentí cobarde, angustiada e inútil. Mi cabeza comenzó a doler, como un puntazo directo en la sien.

—Joven, tiene que venir con nosotros, está interrumpiendo el proceso —dijo un hombre vestido de traje, con lentes oscuros, que se aproximó desde alguna de las habitaciones del patio central.

—No —respondió, y comenzó a acercarse a la tarima, señalando con el dedo a la federación—, ustedes son igual de responsables por la muerte y persecución de sus compañeros como las furgonetas negras, ustedes manipulan a todos para que linchen a gente hasta que se suicidan de la angustia... ustedes son...

Dos guardias lo tomaron de los brazos y lo llevaron hacia un extremo del patio. El chico se resistía, gritando. Otro estudiante, que había estado observando atentamente, se acercó para pedirles que lo soltaran. Al no tener resultados, lo tomó del brazo y comenzó a pujar con toda su fuerza. Lo siguieron dos chicas, una tiraba al soldado desde la espalda, la otra intentaba parar a los estudiantes que apoyaban a la federación y que estaban aprovechando el pánico para atacar a los detractores. Aparecieron dos guardias más con garrotes e intentaron diseminar a los estudiantes, pero solo comenzaron a sumarse más. Uno de los chicos de primer año se separó del grupo y se acercó a la tarima. Se escucharon tres disparos, gritos y golpes.

El aire comenzó a oler a sangre, ese hedor metálico y salado, desagradable. Los policías hicieron un círculo alrededor del cuerpo del muchacho y comenzaron a dispersar a los estudiantes, yo tenía los oídos estresados por el ruido de los gritos y llantos. La estudiante que se había metido a la pelea estaba tirada en el suelo, arrastrándose. Me sentía inútil, pero toda mi vida me había enseñado que lo mejor que podía hacer era alejarme de esos problemas y dispersarme. Era mala haciendo amigos y no tenía el estómago para pararme frente a nadie. Pero tampoco podía simplemente ponerme del lado "fácil" y mentirme a mí misma a cambio de favores.

Comencé a respirar agitada. Los PFDP siguieron despejando la universidad y nos sacaron de un modo brutal. Estaba tan nerviosa que me mordí la uña hasta partirla en dos y grité de dolor. La envolví en un poco de papel higiénico que llevaba en el bolsillo y empecé a seguir al grupo sin pensar demasiado, con la cabeza abajo, la mente en blanco y un terrible dolor en la sien, como si me hubiera dado un chapuzón en una cubeta de hielo. Sostuve mi cabeza unos segundos mientras intentaba calmar esa puntada. Sentí a alguien sostener mi hombro, me asusté y di un grito ahogado. Era un compañero de mi clase de historia,

Ramiro. Llevaba una chaqueta negra de cuerina, camisa blanca y lentes oscuros reposaban sobre su cabeza.

—Huck, hola, ¿estás bien? —dijo con un tono preocupado. Me extrañó, pues nunca había hablado con él más de dos o tres minutos.

—Eh, sí —respondí con la voz algo ahogada. Lo miré directamente a los ojos para detectar si era, de alguna manera, una amenaza.

—Me alegro —dijo y, aún mirándome, permaneció varios segundos en un incómodo silencio—. Eh… escucha, la verdad necesitaba hablarte por algo más o menos urgente.

—Sí, dime —respondí nerviosa. Caminamos hacia la puerta empujados por los soldados.

—Va a sonar extraño, pero no puedo llamar por teléfono ni escribir y necesito que le digas a Leonardo algo importante —murmuró con una voz rasposa. Yo me quedé helada.

—¿Mi primo? —dije, titubeante.

—Sí —respondió, pero entonces sus ojos se abrieron como platos, como si en su cabeza se hubiera dado cuenta de un terrible error—. Eh… dile… que se cancela el partido de fútbol, que no salga de su casa mañana en la noche.

Yo dudé unos segundos antes de contestar, pero asentí dos veces; él sonrió, me dio dos palmadas en el hombro y me adelantó en la masa, pues mi cojera me había dejado un tanto a la deriva. Antes de que se perdiera, me quedé mirando su espalda, pues su chaqueta tenía un logo bordado donde se leía "Dead Ken…" y algo más. Estaba aún pensativa y sentía un tintineo en los oídos, que replicaban el eco de los balazos.

Una vez que salí del edificio de la universidad, vi al rector conversando con dos policías y entregando un papel al canal de televisión nacional, que estaba grabando los alrededores. "Eran unos terroristas, unos fascistas entrenados por la CIA para poner a los estudiantes en contra de los estudiantes", escuché que decían entre los espectadores. "Siempre fueron conflictivos, un peligro para la sociedad".

Cuando logré alejarme un poco más, me senté en una banca y cerré los ojos. Sentí una angustia tremenda. Mi nariz tiritaba, respiré hondo, me saqué la chaqueta y comencé a llorar silenciosamente. Necesitaba sacar el estrés de mi cuerpo, no podía soportarlo más. Las muertes, el abuso, estar callada todo el tiempo. Me quedé así por un rato, hasta que me dormí.

V

—Lo logré —escuché. Me sentía mareada, debí haber estado inclinada por horas, porque me dolían las costillas y mi cabeza ardía. Lentamente abrí los ojos, Diego estaba sentado a mi lado. Las luces de la calle parpadeaban, pero aún había luz natural. Sostenía una muñeca de madera antigua con fuerza entre ambas manos, las que tiritaban con un nerviosismo que, por lo que pude notar, intentaba ocultar de mí.

—¿Diego? —dije y me incorporé a la situación. Diego me abrazó. Aún temblaba y aunque el ente no emanaba calor, sentí una extraña tranquilidad y mi corazón se aceleró de a poco al verlo. Odiaba cuando me pasaba eso—. ¿Qué es eso? —pregunté, intentando que reaccionara.

Diego se ordenó el cabello y miró sus manos temblorosas. Sus ojos se sorprendieron un poco y ocultó el juguete en su chaqueta. "Qué extraño", pensé. Pero antes de que pudiera replicarle, se levantó aún incómodo y se hincó para verme el rostro.

—¿Qué pasó? —me dijo, al notar mi expresión.

—Un tiroteo en la universidad —respondí en voz baja.

Diego se volteó asustado y giró su vista alrededor. Estábamos solos en la calle, excepto por un par de miembros de la PFDP que caminaban con despreocupación.

—¿Y vos estás bien? —preguntó, algo ahogado—. Debí haberte acompañado —insistió, con tono de culpa en su garganta.

—No es primera vez que ocurre —dije, seria, y derivé los ojos hacia sus rodillas, que temblaban sutilmente—. Además, no estoy en condiciones de meterme en ese tipo de problemas.

Entonces una duda saltó sobre mi cabeza:

—¿Cómo diste conmigo?

—Te busqué en tu casa, en la universidad, no había nadie ahí, no sabía qué había ocurrido. Entonces comencé a seguir el camino que hubieses tomado a tu casa y te vi acá. Si te hubiera pasado algo… —musitó.

Lo miré con escepticismo. Diego me había contado que desaparecería un par de días, pero cada vez que lo volvía a ver, su apariencia era ligeramente distinta. Sus ojos más cansados, su modo menos confiado e irritante. En todo este tiempo me había enseñado muchísimo sobre ser un viajero, pero también sobre las consecuencias de abusar de nuestro poder. Por lo que podía ver en él, había algo que no andaba bien.

—Diego, ¿dónde has estado viajando estos días?

—Ningún lugar en particular —me contestó, pero en su barbilla veía que no podía contener los nervios y sus ojeras estaban fuertemente marcadas.

—No me sigas mintiendo —le dije, seria—. Si pretendes que no me preocupe, lo estás haciendo terrible.

Diego apretó los dientes, miró al suelo y volvió a sentarse a mi lado. Sobre sus orejas noté un par de canas. Pero era imposible, los deltas no envejecían.

—Gabi… Huck… quizá no lo ves, pero soy muy viejo, y a veces me pregunto si vale la pena seguir escapando —me respondió, exhalando todo el aire de los pulmones—. De momento lo hago por vos —su cara se deformó—, es decir, lo hago porque no quiero que la orden tome control sobre la gente.

Me sonrojé con fuerza, no sabía qué responder. Sin mirarlo, puse mi mano (las puntas de mis dedos, en realidad) sobre su hombro y continué:

—Siempre vale la pena seguir adelante —respondí, cansada—. Cuando estuve en silla de ruedas, me sentí muy sola por años. Fue en la época donde todos los niños jugaban a correr o jugaban en la tierra. Luego las operaciones fueron peores, estuve postrada meses en cama. Pero valió la pena —dije y lo miré a los ojos, me estaba escuchando atentamente—, valió la pena y pude volver a caminar, y pude tener aventuras increíbles.

—¿No cambiarías eso? —me preguntó Diego, serio—. No le digás a nadie que te pregunté, Ania me mataría si me escuchara hablar ahora.

Miré mis rodillas unos segundos. Respiré profundamente, pensando en qué contestar.

—¿Preferirías que yo cambiara tu destino, acaso? —le pregunté.

Diego casi se atragantó, sus cejas se fruncieron agudamente hacia sus ojos. Comenzó a bajar el tono de voz.

—No —respondió con un vozarrón en barítono—, soy el resultado de muchas decisiones y si volviera a existir… —dejó de hablar.

Volví a poner mi mano sobre su espalda. Sentí su corazón latir rápido, pero desvaneciéndose.

—¿Me vas a contar qué ocurrió? —pregunté, preocupada.

—Tenés que venir a la galería —respondió, cortante.

Claro que no me lo iba a decir. Para él, yo era un experimento y frecuentemente me enojaba conmigo misma por pensar que era algo distinto.

—Pero, ¿qué pasó? —repetí, nerviosa.

—Te lo explicaré en el camino —dijo con voz seria—, pero, básicamente, La Orden de los Deltas está muy enojada y... por primera vez en varios años, cambiaron la historia.

VI

Cuando llegamos al laboratorio, todos estaban nerviosos.

Julia y Federico miraban las pantallas con medidores tintineando y Diego buscaba artefactos en las galerías. Seis horas atrás, habían nacido 241 nuevos deltas grises, todos muertos anticipadamente o nonatos en Estados Unidos. Estaban armando un ejército y era muy probable que pronto nos descubrieran. Ania había despertado por primera vez en mucho tiempo. Tenía los ojos enlanguecidos y el cabello desteñido, sus manos "glitcheaban" mientras abría libros de historia y los marcaba en una mesa junto con las máquinas relinchando y alertando de una modificación temporal.

—¿Qué hicieron exactamente? —pregunté, temblando.

—Dínoslo tú —respondió Federico y me mostró una pantalla—. ¿Qué pasó en Estados Unidos en noviembre de 1963? ¿Algo relacionado con el presidente, quizá?

—¿Se supone que lo sepa? No sé, ¿algo con la guerra fría...? —pregunté, dudando de mi respuesta.

—Wow —murmuró Julia—, entonces tenías razón, Diego.

—Por supuesto que tengo razón, yo siempre tengo la razón —continuó, mientras escudriñaba entre los cachivaches. Entonces tomó varios relojes, trapos y una pistola.

—Tengo razones para pensar que mataron al presidente John F. Kennedy —dijo Federico.

Yo lancé una carcajada, ahogada y nerviosa.

—El presidente Kennedy murió solo en una cama en su mansión en Florida. A su hermano, por el otro lado, lo mató la mafia —dije. Comenzaba a sentirme mareada y desorientada, mi respiración cansada y mis músculos débiles.

—Claro, todos recordaban lo malo: su reelección infructuosa contra Nixon, sus políticas impopulares y su infidelidad patológica... —dijo Ania, mientras me miraba atentamente.

—Esos malditos lo hicieron de nuevo —intervino Diego y con una rabia imprevista tiró la bujía que sostenía en la mano al piso, que resonó en toda la habitación y agrietó la baldosa.

—De nuevo, Diego —dijo Federico con rostro serio—, esta no es tu casa.

Hasta esa mañana, el presidente John F. Kennedy había sido un actor clave e infame durante la guerra fría. Tras evitar la crisis de los misiles en 1962, su gobierno comenzó una carrera de mediación de posteriores conflictos entre las dos potencias nucleares. Su reelección en 1964, al vencer por segunda vez a Richard Nixon, tuvo un efecto negativo en la popularidad del candidato, pues comenzó a destaparse una serie de tratos que su familia tuvo con la mafia antes y durante su mandato. En temas personales, su matrimonio pasó por una crisis tras descubrirse que el expresidente tuvo una aventura con diferentes personalidades del cine y su popularidad en 1968 terminó por aplastar el temple demócrata antes de las elecciones. Ni siquiera fue invitado a la ceremonia del alunizaje del año siguiente. Nixon tomó ventaja por sobre los demócratas y salió electo, hasta su eventual renuncia en 1974, cuando fue involucrado con el caso Watergate. Por mientras, la URSS mantuvo su política de expansión. Fue en ese año, 1968, cuando comenzaron los movimientos de liberación de la mano de la Primavera de Praga, pero otros procesos fueron rápidamente reducidos, especialmente en Rusia.

—Nos están buscando —dijo Ania. Su voz sonaba sólida, sus ojos estaban completamente sobrios, su mandíbula apretada. Nunca la había visto así. Su presencia llenaba toda la habitación.

—Querrás decir: Niko ya te encontró —respondió Diego. Tenía sus dedos pulgar e índice sosteniendo su frente, la cara enrojecida, cansada.

—A mí —enfatizó—, porque sabe dónde encontrarme, ¿o lo olvidas? Y no desaparecerá. Siete millones de muertes a su nombre, a mí me parece un número difícil de borrar —respondió Ania. Se levantó y comenzó a dar vueltas—. Pero lo importante es que tenemos un montón de miembros tratando de matarte, niña. Yo diría que es hasta peligroso que duermas en las próximas 24 horas, bajo supervisión —finalizó, observándome.

—Hay una forma de destruirlo y es haciendo que nazca, llevándolo a su patética realidad —dijo Diego, pero Ania lo miró escéptica.

—Destruirías todo —dijo, cortante.

—Necesito que me digan quién es Niko —pregunté. Mi voz salía entrecortada.

—Niko es el delta loco —respondió Ania—, para él toda persona es dispensable. No tiene objetivos. A veces sirve a un amo, otras va por el mundo destruyendo las mentes de sus huéspedes o socios. Nació en Europa Oriental, en alguna era que dejó de existir, y lo único que busca es provocar sufrimiento.

Un chirrido en mis oídos me obligó a perder la atención,

pero intenté ignorarlo por unos segundos. El ruido se transformó en dolor, y el dolor en una insoportable presión en la nuca.

—No es parte de la orden, porque cada vez que lo llaman, termina en algún acto antropofágico o masacres por diversión. Es un delta blanco —agregó Diego. Sacó la muñeca de su bolsillo, se quedó mirándolo unos segundos y continuó—, si lo llamaron es porque nos quieren destripados en alguna plaza.

Miré a Ania y el dolor se hizo insoportable, sumado a un profundo mareo y pérdida de toda la fuerza de mi cuerpo. La habitación comenzó a verse nublada como si una novela de Conan Doyle o Dickens hubiera tomado vida de repente. Intenté sostenerme de una gaveta, me sujeté fuerte y comencé a temblar.

—Gabriela —escuché la voz de Diego. Mi vista comenzó a nublarse, a parpadear. Solo oía vozarrones a la distancia, que se alejaban cada vez más.

—¿Qué está pasando?

—Está desapareciendo. Como un delta.

—Es imposible, ella está viva.

—Bueno, claramente no es imposible.

—¿Qué hacemos?

—Sostenla, hay que ver qué pasa.

—¡No puedo!

—GABR….

VII

Todo se volvió negro. Era una penumbra silenciosa, vacía y agobiante.

Pasé varias horas así, como si estuviera amarrada en la oscuridad. No sentía mis piernas, mis brazos y el palpitar de mi corazón. No había sonido alguno. ¿Estaba muerta? Intentaba inhalar, pero nada entraba, no salía voz de mi garganta (no sentía mi garganta tampoco), mi mente era lo único que conservaba. Estaba angustiaba e intentaba llorar sin éxito alguno. Me quedé quieta, tratando de escuchar mis pensamientos, intentando sentir que algo me rodeaba. Quise gritar, pero ningún sonido salía de mi boca, ni siquiera sentía el aire filtrarse por mi garganta.

El pánico cubrió mis pensamientos hasta que el agotamiento y la desesperanza fueron más fuertes, hasta que, rendida, decidí cerrar los ojos y esperar. Me estaba volviendo loca por la ausencia de sentidos y sensaciones, por no poder ver, oír, sentir o tocar nada a mi alrededor. Estaba muerta pero consciente, en el limbo de un mundo ausente, en el que la resignación era premiada con paz.

La penumbra se quebró con un tintineo, una campanilla a la distancia cuya vibración recorría todo mi cuerpo. Me concentré en el tenue ruido, que de alguna forma hacía que me sintiera menos sola.

—Hola —dije, imaginándome una voz entre los tonos.

—Gabriela —respondieron las campanillas.

—¿Quién eres?

—De momento, solo una voz en tu cabeza.

—¿Dónde estoy? —pregunté.

—En el vacío —me respondió la voz—, los hombres grises son quienes pasan por el vacío.

—Yo no soy un hombre gris —respondí con rabia.

—No, no lo eres —volvió a contestar—, tú aún estás viva… las personas como tú son nuestras creaciones. ¿Vienes a recuperar algo?

—Esa voz… —susurré.

—Tarde o temprano, te unirás a nosotros… —dijo el espectro.

—Tú eres esa voz…. —dije, intentando recordarla. Sabía que la había escuchado antes, en mi cabeza, tal como me estaba confirmando en ese momento.

—Tienes buenos amigos, pero debes tener cuidado con ellos, quizá no son lo que parecen...

La voz se silenció y en un parpadeo estaba sola de nuevo. Pero a diferencia de hace unos minutos, ahora sentía algo a mi alrededor. Un "bip" electrónico, que tintineaba constantemente. Un olor a yodo y algo más, ácido, y un frío en las mejillas. Intenté abrir los ojos, primero sin ningún éxito; luego, lentamente pude despegar los párpados y ver, con una luz tenue, una pared blanca y una ventanilla en forma de rectángulo alargado. Ya había estado ahí antes, era la habitación de un hospital. En pocos segundos comenzó a arder mi cuello, sentí que no podía respirar y mi cabeza amenazaba con explotar en cualquier momento.

—¡Mierda! —escuché y levanté la vista. Una figura vestida de blanco, una enfermera, estaba ahorcando con una mano a un hombre y con la otra rompió un reloj de muñeca a la mitad. El hombre desapareció frente a mis ojos, en una estela de luz.

La mujer se levantó y me miró fijamente. Sus ojos azules brillaban en la oscuridad; su mirada, un tanto agresiva, me dio un escalofrío.

—Casi te perdemos, por suerte ya estaba desapareciendo, no alcanzó a informarle a nadie quién eres.

—¿Qué pasó? —dije, aún temblando.

—Huck —me dijo, sin acercarse—. Soy yo, pero no me queda mucho tiempo, así que escucha: tienes que olvidar, mientras más recuerdes lo que pasó, más vendrán a buscarte. Olvídate de mí, de lo que pasó en la Plaza Roja, de que sabes hablar ruso. Tus recuerdos los hacen fuertes. No digas nada, borra sus huellas. Inevitablemente te van a encontrar de nuevo. Yo te mataría también, pero ya no soy como ellos. Y la verdad, tú eres distinta a los otros. Cuida esa ambición y no destruyas todo. Duerme con la luz encendida siempre que puedas, te da más movilidad. Y olvida, ya llegará tu tiempo.

—¿Quién es usted? —pregunté, con dos lágrimas finas deslizándose por mis mejillas y una angustia difícil de describir.

La mujer sonrió con confianza y se acercó a mi rostro.

—Quizá sí puedas tocar el piano como Mozart alguna vez, me hubiera gustado verlo.

Después de eso, se volvió una estela de luz y desapareció.

Mi yo del pasado no lo sabía, no sabía por qué estaba llorando, ni a quién pertenecían esos ojos. Mi yo del presente entendió que esas eran las últimas palabras de Anastasia. Y era mi culpa que ella hubiera desaparecido para siempre.

VIII

Desperté con un grito y salté convulsionada, mis ojos estaban irritados y no podía abrirlos bien, me dolían los huesos, la piel me quemaba. Estaba acostada sobre el suelo de la galería. Mi espalda estaba fría y humedecida, apenas me podía mover.

—¿Gabriela? —escuché la voz de Federico—. ¡Chicos! Vengan rápido, está volviendo —gritó.

Escuché pasos aproximarse, reproducían un eco en el concreto que hacía mis oídos palpitar. No sentía mis manos. Julia lanzó un grito histérico y salió corriendo.

—No la toquen aún —dijo Diego—. ¿Huck?

—Lo lamento —murmuré, con un hilo de voz que apenas lograba salir de mi garganta.

—Está bien, te estás regenerando, aún no volvés completamente —dijo.

Traté de abrir los ojos para ver a qué se refería.

Estaba desnuda y algunas partes de mi cuerpo estaban desfiguradas, expuestas y sin piel. Me ardía terriblemente, pero veía cómo comenzaban rápidamente a crecer las partes faltantes y en pocos minutos sentí que era capaz de moverme. Diego trajo una sábana y me cubrió con ella. Unos minutos después, con ayuda de Julia, me levanté muy lentamente y me senté en una silla.

Todos nos quedamos varios minutos en silencio. La oscuridad fría y el ambiente húmedo se sentían igual que cuando me fui, pero de alguna forma, todo había cambiado. Federico se acercó a mí para hacerme algunas pruebas: me inyectó algo, me sacó una muestra de sangre, me tomó la presión y luego salió de la habitación. Julia entró poco tiempo después con una muda de ropa vieja de mujer, que había encontrado entre la colección. En todo ese tiempo, Diego parecía molesto y angustiado, mientras miraba un libro de historia página por página.

—Ese maldito de Niko me las va a pagar, todo el consejo —murmuró.

—Diego… Anastasia… ella me salvó... —dije con vergüenza—, me salvó hace años, en ese hospital, era ella quien me salvó y desapareció.

—Lo sabía, pero nunca pensé que sería tan pronto y ya no volveré a verla…

—Si lo sabías, ¿por qué no me lo dijiste? —levanté el tono, pero rápidamente me di cuenta de que había cometido un insensible error. Me sentí terrible.

Los ojos de Diego se veían desolados, cristalinos. Me había dicho muchas veces que a Anastasia no le quedaba mucho para desaparecer del mundo, pero de alguna forma nunca estuvo listo para perderla.

Me levanté con dificultad y me senté a su lado. Federico trajo una taza de chocolate caliente y me la entregó.

—Estás preocupantemente débil en azúcar —me dijo.

—Sé que la querías mucho —murmuré—, sé que soy una carga para ustedes... no debió haberme salvado —dije con un nudo en la garganta, compungida por la culpa.

—Fue la primera persona que conocí cuando me volví un delta... —repitió—, pero ella ya estaba cansada, solo quería volver a ver a sus seres queridos, espero que lo haya logrado ahora. Te salvó porque sabe lo que significó encontrarte —finalizó y soltó dos suaves lágrimas bajo sus mejillas.

—Ella fue... es... increíble —dijo Federico—, es una lástima que pronto se habrá borrado de nuestras cabezas. Debiera escribir su nombre en algún lugar... An...

Miré a Diego, estaba desorbitado, sus manos sobre su sien. Pensaba, meditaba en silencio intentando contener el resto del llanto ahogado que lo atormentaba. Nuevamente vi aquellos ojos cansados.

—¿Cómo fue... convertirte en un delta? —dije con voz cortada.

—Cometí un error que jamás me podré perdonar y luego, en un segundo... ahí estaba —dijo mirando al vacío, frente a él—, una puerta cerrada frente a mí. Una voz me dio dos opciones. La primera, aceptar mi error y morir o desaparecer, o volver a la tierra como un bebé, lo que fuera que dejara a mi consciencia tranquila. La segunda era volver y desaparecer lentamente. Cuando uno enfrenta eso, que es lo más parecido que puedo imaginar a la muerte, siente tanto miedo que muchas veces decide morir lentamente, en agonía.

—Pero ella no —afirmé.

—Ella no le tenía miedo a nada, ni siquiera a mí, un delta recién creado que pudo haberla delatado en un segundo. Creo que ella podía ver el aura de la gente, de los arrepentidos —respondió y bajó lentamente la vista, como si no estuviera hablando con claridad, cuando en realidad nunca había sido más claro.

—¿Eras algún tipo de criminal o algo, con esa cara? —dije, ingenua—. No me lo creo —le sonreí y él levantó la vista. Sus ojos enrojecidos atravesaron mi alma. Cuando respondió con una mueca de leve alegría, me sentí aliviada.

—Oh, vos te sorprenderías —me dijo y comenzó a reír —, los locos con este aspecto son los peores.

—Ah, imagino que robabas sorbetes plásticos gratis del cine, o alguna vez te quedaste sentado en el bus y no le diste el asiento a una vieja gruñona —añadí.

Ambos reímos, mientras Federico meditaba desde la distancia, en silencio.

—En sus mejores años, los que no alcanzaste a conocer, Anastasia me hubiera dicho que nos riéramos de que haya desaparecido, que su vida era demasiado trágica para andar llorando sobre cosas que en realidad ni pasaron. Gracias —dijo Diego, finalmente.

Asentí, sin dejar de sonreírle. Él me tomó ambas manos y su cara cambió a un estado de tranquilidad. Estaban frías, pero se sentían suaves y seguras.

—No podemos dejar que se salgan con la suya... —dije, con un sentimiento de impotencia intentando salir de mi pecho.

—No, no lo voy a permitir —dijo Diego—, si estás dispuesta a acompañarme, podemos echarlos abajo antes de que me toque desaparecer... podemos reclutar a deltas nuevos...

—Para eso necesitas cambiar el tiempo —dijo Federico, quien se entrometió en la conversación. —Es un NO definitivo —comandó, serio.

Tercera Parte:

La historia del libre albedrío

"Ser poderoso no es tan importante como lo que decidimos hacer con nuestro poder"
Roald Dahl.

Capítulo 1:
Negación, Ira, Negociación, Depresión y Aceptación

"Si pudieras cambiar tus decisiones, la vida no tendría valor. Por cada decisión que tomas, estás haciendo un pequeño sacrificio. Por eso es tan valiosa la vida, por eso la muerte es tan importante".

I

13 de diciembre de 1945, Nikopol, Ucrania.

El día que Josif Stalin (Iósif Vissariónovich Dzhugashvili) dejó de existir, nació un monstruo. En realidad, tal como aquella película basada en la obra de Mary Shelley, fue creado con un trueno, articulado por un creador sin escrúpulos, cuyo objetivo era perpetuarse en el tiempo.

Aquella noche, Anastasia guardaba la entrada de una humilde cabaña a las afueras de Nikopol, Ucrania. Detrás de ella estaba Mikel, con el pelo alborotado, ojos verdes y una barba de un par de días que marcaba su barbilla cuadrada y su nariz tosca. Sentado sobre la mesa jugueteaba con un cuchillo, que danzaba entre sus dedos. La hoja reflejaba por toda la habitación la tenue luz de la vela que yacía sobre la mesa. Su mirada estaba seria e hipnotizada, sus dientes chirriaban. Tenía una manga manchada en sangre a la altura del antebrazo, cubierto por una tela amarillenta que aparentaba una venda. Al otro extremo de la habitación, había un delta con la cabeza entre las piernas y las manos sobre la nuca. Estaba inmóvil y expectante.

—¿Creen que funcionará? —preguntó Anastasia, sosteniendo su fusil con ambas manos, los nudillos helados por la falta de calefacción dentro del refugio.

Se escuchaban gritos en la habitación. Una mujer parecía ahogarse en sufrimiento, mientras otra voz le decía que se calmara. Era la de un hombre, de tono agudo y rasposo.

—No podemos saberlo —dijo el delta. Era un estadounidense llamado John Stiller, quien había desaparecido por completo de la historia en 1917—, pero aún no se dan cuenta del plan.

—Le están enterrando la sonda —respondió Mikel, con una voz penumbrosa.

—No me has respondido —insistió Anastasia.

—Creo que funcionará, pero desde hace unos días tengo un mal presentimiento —sinceró el soldado, sin dejar de mirar la daga girar bajo sus dedos.

—Hemos pasado muchísimas cosas para lograr llegar acá —intervino Ania, apretando tanto los dedos que crujieron sus nudillos.

—Exacto —contestó el joven y tragó saliva antes de voltear la vista hacia ella. Tenía los ojos enrojecidos y la piel brillante—. ¿Queremos que funcione?

—No entiendo —respondió Anastasia—, tú eres el que nos metió a todos en esto… Somos desertores, criminales buscados…

—Sí —dijo Mikel—, pero estamos vivos… y ellos aún no saben quiénes somos.

Los gritos de la otra habitación cesaron.

—Y si esto resulta —continuó Mikel—, significa que, probablemente, no volveremos a vernos.

Ania guardó silencio. Mil cosas pasaron por su cabeza, comenzó a temblar y levantó su fusil para apuntar hacia Asimov, con la vista perdida y las cejas fruncidas forzosamente. John miró la escena y lanzó una risa seca y cínica.

—Ajá.

—Lo sé —respondió Anastasia con un nudo en la garganta—, pero... esto es lo que debe hacerse.

—Baja el arma, Ania —respondió el soldado—, estoy tratando de decirte que...

Anastasia se quedó en silencio. De sus mejillas comenzaron a brotar lágrimas.

El soldado abrió los ojos, impregnados en venas que enrojecían su esclerótica. Se levantó hacia ella, tomó el arma y la apretó contra su pecho.

—¿Recuerdas cuando te encontré en aquella bodega de documentos? Estaba lleno de rabia, quería llegar hasta las últimas consecuencias y destruir todo los que se interpusiera en esos planes. Pero durante estos años... esa rabia desapareció y ya no tengo nada que me empujé a terminar esto... Comencé a pensar en el futuro, la guerra terminó y comencé a pensar en lo mucho que me gustas, en lo mucho que agradezco haberte conocido. Disfrutar el día y la noche si estás conmigo —finalizó y levantó el cañón hasta su cabeza—. Y si esto funciona, no importa si me disparas ahora, porque esto jamás habrá pasado, nunca nos habremos conocido, jamás habremos estado juntos en ninguna de nuestras aventuras.

—Yo no lo voy a olvidar —dijo la soldado, sin poder contener las lágrimas.

—Lo harás, sin duda —dijo John, ahora mirando el techo.

—No te voy a olvidar —reafirmó Anastasia, mirando a Asimov a los ojos.

Mikel movió el cañón del fusil y lo dejó a un lado. Se acercó lentamente a Anastasia y le dio un beso mientras la acercaba a su cuerpo. Ella lo abrazó y se quedó así por varios minutos, mientras murmuraba:

—No quiero olvidar, no quiero olvidar...

Él comenzó a acariciarle la cabeza, diciendo:

—Anastasia, no eres de Nikopol, Anastasia, no corras por favor.

Su corazón palpitaba estrepitoso, sentía que iba a salir de su pecho, no quería que sus labios se distanciaran un segundo. Su cuerpo ardía y el joven comenzó a bajar lentamente sus manos alrededor de su cintura…

De la habitación salió un hombre bajo con guantes ensangrentados que, al mirar la escena, se quedó petrificado. Era el doctor Zarakov, el científico que había contactado a Mikel años atrás.

—Eh, tórtolos, le enterré las balas del ejército blanco en la columna vertebral —dijo el doctor.

—Esa es mi señal —dijo John y se levantó—. Qué emoción, voy a volver a esa maldita trinchera —dijo y desapareció dentro de un reloj que Zarakov sostenía en ambas manos.

El doctor volvió a entrar a la habitación y dejó a los dos soldados solos nuevamente.

—¿Ya no podemos detenerlo? —preguntó Anastasia, sin soltar a Mikel.

—No lo sé —dijo Asimov y repitió—, tengo un mal presentimiento.

—¿Crees que podamos encontrarnos? —dijo la chica entre suspiros.

—Nos veremos en la biblioteca de los documentos —afirmó el soldado—, porque la muerte de Stalin no es ni el fin del comunismo ni de la Unión Soviética.

—Promételo —dijo la joven.

—Te regalaré ese vestido de puntos rojos que has estado viendo todos estos años en aquel catálogo estadounidense que encontraste en Wiesbaden.

Anastasia sonrió, cerró los ojos y sintió cómo se acababa su vida en la tierra.

Antes de desaparecer por segunda vez, Ania, Anastasia, llevaba casi cien años atrapada en el olvido de la historia. Lo único que la mantuvo atada al mundo era su pecado, intentar luchar contra el río temporal. Pero esto tú ya lo sabes. Como parte de un grupo de élite de espías que pretendieron cambiar la historia, logró que Josif Stalin muriera en Ucrania poco antes de acabar la Primera Guerra Mundial.

Cuando Stalin despertó, yacía tirado en el suelo de madera de una habitación que no reconocía, la luz estaba apagada y frente a él había un hombre mirándolo. Era delgado, de ojos blancos y piel grisácea y arrugada. Sonreía sin decir una palabra. Llevaba un uniforme soviético antiguo y el pelo engomado.

—¿Quién eres? —preguntó Josif, acelerado.

—Un amigo —respondió el ente—, me conocen como Niko...

—Eso no me dice nada —respondió enrabiado.

—No necesitas saber nada más de mí —replicó—, pero sí de ti mismo.

—¿Dónde estamos?

—Acabas de desaparecer de la faz de la tierra, lo que sientes y recuerdas son rezagos de aquellos días de esplendor en los que conquistaste la Unión Soviética. Pero no te preocupes, sé exactamente dónde cambiaron la historia y dónde se esconden tus enemigos.

Jósif Vissariónovich Dzhugashvili se quedó en silencio por varios minutos, miró su cuerpo y frotó sus bolsillos con sus manos, gruñó, respiró (o al menos fingió respirar) por sus fosas nasales y volvió a mirar al ente.

—Pruébalo, y entonces quizá te crea —dijo el joven con

los ojos desorbitados.

—No solo lo mostraré, sino que, además, puedo ayudarte a volver a existir —añadió Niko y comenzó a caminar lentamente hacia Stalin.

—Pero quieres algo a cambio —dijo Josif sin moverse.

El delta sonrió, dejando a la vista una dentadura podrida con tres dientes de oro y las encías hinchadas.

—Nada muy importante —respondió—, solo que me permitas hacer algunas recomendaciones.

—Entonces quiero eliminarlos a todos… —finalizó el espectro.

III

Solo dos meses después, la historia cambió para siempre. El joven Stalin decidió, por recomendación del delta, irse a vivir a Viena por un tiempo, donde conoció a un artista llamado Adolf y a un estudiante llamado Sigmund.

Luego, la bala que había atravesado la cabeza de Stalin en el frente del Cáucaso se desvió varios metros y Stalin volvió al poder de la URSS. Pero esta vez, el joven revolucionario tenía una carta bajo la manga: Niko, quien tomaba la forma de un dirigente estudiantil cuando se encontraba junto él en cada foto, en las sombras.

—Cualquiera de ellos puede ser un espía, cualquiera —dijo Josif al delta rojo, durante una larga tarde en su oficina. Era el año 1929.

—Mientras ellos vivan, podrán volver a eliminarte —le repitió el delta, en el cuerpo de un joven.

—Entonces, hay que cazarlos.

—Hay que desaparecerlos —dijo el ente—, hay que crear estatuas, monumentos y muertes. Luego hay que buscar sus monumentos y aplastarlos para hacerlos olvidar y que dejen de existir sobre la tierra.

—Monumentos ¿de mí? —preguntó.

—En todo su esplendor.

—¿Dónde crees que hayan estado los malditos que me traicionaron? —preguntó con voz dura el dictador.

—Al menos uno de ellos viene de Ucrania, estoy bastante seguro de que hay espías ayudándolos. Amo, permítame destrozar su conexión con el mundo real.

—Quiero que sufran, haz que su existencia sea agónica, como lo fue para mí durante los últimos tres meses —respondió Josif, mirando el horizonte.

—Solo con una condición, una ayuda, podría decirse —dijo el delta loco—. Debes darme un millón de vidas inocentes.

Stalin sonrió y asintió tosco. Frunció los párpados inferiores y puso ambas manos frente a sus labios. Después de unos segundos, comenzó a hablar:

—Ordena bloquear el suministro de Ucrania el próximo año y doblemos la demanda de cereales, obliga a las autoridades locales a quitarle a todos esos insectos hasta la última chispa de esperanza.

—Sí, camarada…

—Después de todo, una muerte es una tragedia; pero un millón, una mera estadística.

Con esa orden, solo un año después Mikel Asimov había muerto de hambre junto a toda su familia y más de dos millones de personas, en lo que luego se conocería como la masacre del Holodomor, la hambruna más terrible en la historia de Ucrania. Anastasia jamás conoció al hombre que había amado y murió poco después en un campo de concentración, al ser descubierta como una espía. Su monumento era humilde: la cabaña en Nikopol donde alguna vez sintió que su vida valía de algo. Pero la cabaña que se fue erosionando cada vez más, hasta volverse un armatoste en descomposición.

Cuando Anastasia despertó como un delta, su vida se había esfumado y sus recuerdos comenzaban a irse. Estaba sola, en la habitación de la cabaña. Ahí comenzaba su historia, que acabaría en la habitación de un hospital en Rusia, sin realmente saber si su sacrificio había servido de algo. Muchos amigos habían desaparecido, muchos de sus viajeros habían sido asesinados, solo quedaban ella, Diego y yo…

Stalin mató, por su culpa, a muchísima más gente, sumido en la paranoia, la rabia y la búsqueda de sus objetivos, ahora sabiendo exactamente qué pasaría con sus decisiones.

Capítulo 2: Un golpe de realidad

*"Este mundo no puede
cambiarse a punta de
sacrificios;
si no, solo quedará gente nefasta,
es la ley de selección natural".*

I

24 de junio de 2015, Santiago de Chile.

Dormí en la galería, pues no tenía una pizca de energía para caminar. Cuando desperté, Diego se había ido a través de los túneles a meditar unas horas y pensar cómo convencer a alguno de los nuevos deltas en Estados Unidos de unirse a nuestro grupo. Después de todo, ellos culparían "al viajero" de su desaparición. A mí, aunque aún no sabían dónde encontrarme. "Si pudieras cambiar tus decisiones, la vida no tendría valor. Por cada decisión que tomas, estás haciendo un pequeño sacrificio. Por eso es tan valiosa la vida, por eso la muerte es tan importante": ese fue el mensaje que Ania dejó en un papel de la galería. Era una carta de despedida.

—Tu tía marcó a tu celular —dijo Federico—, Julia lo tomó y envió un mensaje diciendo que estabas estudiando y volverías pronto.

—¿Dónde está Julia? —pregunté y me incorporé, sentada en una de las sillas de la cámara de control.

—Tuvo que irse. Es tiempo de campañas y sus padres están más drásticos que de costumbre —respondió.

—¿Te puedo hacer una pregunta? —le dije. Apoyé mi mentón sobre el respaldo e inhalé hasta que mis pulmones se llenaron—. ¿Qué te gusta más de Julia? ¿Que es linda? —continué, nerviosa.

Me arrepentí apenas salieron esas palabras de mi boca, pero ya era muy tarde. Federico detuvo lo que estaba haciendo, se sentó en el suelo y puso sus manos sobre su cara, que se enrojecía por la presión y la falta de paciencia.

—Supongo que sí, al fin y al cabo somos humanos y actuamos por instinto —respondió frío, sin mucho ánimo de seguir la conversación.

—Supongo que la apariencia sí es importante —dije, con un hilo de voz.

—Pero no es lo único —añadió—. Dime, ¿siempre eres así de insegura?

—Por supuesto que sí —respondí y apoyé ambas manos bajo mi mentón—. Cuando viajo, entro en los cuerpos de toda clase de personas, flacas, gruesas, altas, de todos los colores... pero yo no soy como ellos, no puedo ser como ellos...

—No soy experto, pero no creo que seas fea —dijo el científico con una voz incómoda y seca—, pero lo repito: eres muy insegura. Agg... si yo tuviera tus poderes... no tendría que soportar esta conversación —dijo y se levantó a buscar un cigarrillo.

—Quizá si fuera más como Julia... —murmuré.

—A Diego no le gusta Julia —respondió, intentando destornillar unas placas de la máquina con el cigarrillo en la boca. Sacó dos cables algo raspados y comenzó a juntarlos, dejando salir un par de chispas.

—Diego solo quiere que lo ayude a derrotar a la orden de los deltas —susurré, y entonces Federico me miró a los ojos.

—Estás bromeando, o quizá, eres muy ingenua o estúpida —dijo sorprendido—, Diego está loco por ti, ¿o crees que te mira así porque eres alguna especie de elegida irremplazable? ¿Una especie de Henry Pottery sobreviviendo al ataque de las fuerzas oscuras?

—Diego quiere detener a la orden, yo soy funcional a tu experimento. Nada más que eso —dije, temblando, mientras intentaba recordar alguna señal explícita por parte de Diego. "No voy a dejar que te encuentren", resonó en mi cabeza. Era el recuerdo de aquella vez que casi creí que quería besarme. Luego, el día anterior en la banca, estaba muy preocupado. Recordé el palpitar de su corazón, tenue, apagándose.

—Por eso que no te has dado cuenta —me dijo y aspiró una lenta bocanada de su cigarro, dejando que se consumiera hasta la mitad—. Digo yo, ya que los dos tienen tanto en común, no me extraña que te adore...

Miré al científico y sentí un ardor extraño en la base de la garganta.

—No, no tenemos nada en común, nada que se me venga a la mente...

—Oh... —dijo Federico y se levantó. Su cara estaba pálida y sus piernas temblaban un poco—. Así que no te lo ha dicho....

Comencé a sentir un pitido en mis orejas. Como si me estuviera hundiendo a un profundo abismo submarino, mis pulmones perdieron todo el aire, mi nariz pareció llenarse de líquido y mi cara se ruborizó.

—No me ha dicho qué... —bramé casi sin voz para expresarme, pero con la vista fruncida y amenazante.

—La razón por la que es un delta... —respondió.

—Sus padres no se conocieron —afirmé, inquieta.

El científico esbozó una sonrisa y comenzó a reír en silencio. Era una risa incómoda y nerviosa. Se tocó la barbilla, me miró y continuó:

—Sí, y no se conocieron porque él se delató... —respiró entrecortado y luego continuó—. Él se metió en su propia historia… y lo encontraron.

Abrí mis ojos con angustia. Mi cara se puso roja y comencé a transpirar. No sabía qué decir, ni cómo reaccionar. Sentí que temblaba y no sabía si era por rabia, impotencia, angustia o alegría. Federico inhaló profundamente y cerró los ojos.

—Quizá cometí un error —susurró.

Salió de la habitación y unos segundos después volvió con algo entre las manos: un amuleto de bronce deteriorado que dejaba ver la figura de una mujer bailando. Me lo entregó y sonrió:

—No le digas a nadie que te lo entregué.

II

—Es un viajero —me repetí a mí misma, en la oscuridad de mi cabeza. Aún no creía lo que Federico me había dicho, mi alrededor estaba frío y sentía que mi cuerpo, aún sin recuperarse totalmente, quemaba por dentro—. Era un viajero… como yo… Ese tarado, no quiso decírmelo en persona… ¡Lo odio! ¡Ahora entiendo tantas cosas! ¡Arg!

Tenía la mirada en el suelo, las manos apretadas y los dientes exprimiéndose entre ellos. Solo quería volver a casa, descansar y dejar de pensar en Diego. Mi estómago se colmaba de acidez. Entré en mi barrio. En las calles no había ningún hombre, mujer o niño, solo soldados ciudadanos vigilando y el perro callejero que ya me reconocía a la distancia. Acababan de instalar unas cámaras en los postes de electricidad y ya parecían surtir efecto. Luego de un par de minutos, escuché al quiltro aullar. Nos quedaba menos de una cuadra para llegar a la casa y vi a dos policías armados frente a la puerta y a Frida de brazos cruzados hablando con alguna especie de agente.

¿Qué había pasado? Miré mi teléfono. Había un mensaje de mi tía: "Gabriela, NO VENGAS A LA CASA, no hables con los PFDP". Sentí un aire gélido detrás de mis orejas y, como un presagio de miseria, una furgoneta negra se abalanzó hacia el lugar en el que las personas se encontraban y se detuvo de manera brusca. Dos hombres en overoles grises ensangrentados se bajaron e intercambiaron algunas palabras con el agente. Mis pies comenzaron a moverse contra mi voluntad para a acercarse un poco más a la escena.

Entonces vi a mi tía salir de la casa. Su cara estaba hinchada y brillante, su mirada perdida. Llevaba un pijama y unos pantalones en la mano, para ser escoltada a un retén. Entonces Frida me miró, me señaló con el dedo y le dijo algo a su acompañante. Un miliciano caminó hacia mí, pateó al perro y me sostuvo el brazo.

—Vas a venir con nosotros —dijo en tono firme mientras el quiltro se retorcía en el suelo.

Entré a un auto, con la mirada abajo y la mente en blanco. Nos llevaron a una casa sin número, era la comisaría civil. Ahí alcancé a ver a mi tía, cubierta en lágrimas de nuevo, y a Roberto, de brazos cruzados mirando a la calle, con la vista perdida y temblando. Ambos sentados en el borde de la calle, mi tía inhalando un cigarrillo, Roberto jugueteando con sus pulgares.

Me llevaron a una habitación aislada y sin ventanas. Me sentaron con las manos amarradas con una cuerda detrás de mi espalda, un detector de mentiras conectado a varias partes de mi cuerpo y una luz muy fuerte contra mi rostro. Ahí pasé una hora.

—Gabriela Huck —me dijo una voz ronca—, estudiante de historia, no demasiado aplicada, tus padres viven en Valdivia y desde hace unos meses dejaste tu trabajo en el aeropuerto. Me parece un comportamiento algo errático —agregó.

El hombre se sentó frente a mí. No podía verle bien la cara, pero llevaba un traje gris, una corbata marrón y una camisa blanca.

—No pude seguir porque me cuesta caminar —respondí sin mirarlo.

—Ah, ya veo, ya veo… —dijo y escribió algo en una libreta sobre la mesa—. Tu registro médico muestra dos accidentes casi fatales…

—¿Por qué estoy aquí? —pregunté con voz profunda, intentando no temblar.

—Esperábamos que tú pudieras decírnoslo —me contestó.

En ese momento mi espalda se heló. ¿Acaso sabían? Miré sus manos moverse impacientes por la mesa y busqué con la nariz el olor a eucalipto quemado. Luego comencé a sudar, pero no podía delatarme.

—¿Es por el ataque en la universidad? —mi voz reflejó miedo y preocupación.

—Mmmm, creo que no estamos hablando de lo mismo —respondió extrañado y emitió un murmullo desde su garganta—. ¿Cuándo fue la última vez que viste a tu primo, Leonardo?

—¿Qué tiene que ver Leonardo? —dije y levanté la voz.

El hombre se acercó y me miró a los ojos, eran profundamente negros. Su piel morena y su bigote y barba cubrían la mitad de su rostro. Se detuvo ahí, amenazante. Su aliento, que olía a cigarrillos y gaseosa, impregnaba mi nariz y llegaba a mi laringe. En un arrebato violento e inesperado, el captor tomó un libro y con fuerza enterró la punta sobre mi párpado. Sentí un dolor que llegaba a lo profundo de mi cráneo, grité y lloré. Él cambió la vista al detector y comenzó a reír desde el estómago, tan fuerte que su voz retumbaba como un eco en la habitación.

El interrogador se levantó y se retiró. Unos minutos más tarde, entró con una hoja impresa, se sentó y comenzó a leer.

—Este documento ha sido certificado por la lucha democrática popular de nuestro presidente Raúl Cornejo y sus aliados, blablablá… —dijo y tosió con fuerza—. El día 23 de junio, a las 22:00 horas, un grupo de cuatro vándalos se acercaron al edificio del Partido Cornejista en la comuna de Santiago para instalar propaganda fascista y hablar públicamente en contra la justa progresión de los procesos eleccionarios —recitó y tras respirar silenciosamente unos minutos, continuó—. Las autoridades ya tenían información de esta redada, que les había sido provista por un informante cuya identidad se mantiene anónima debido a su función estratégica. Se acercaron al lugar e intentaron calmar a los jóvenes. Por diez minutos esta conversación se mantuvo de forma pacífica, hasta que uno de los vándalos intentó herir a uno de los agentes y se otorgó el permiso oficial de abrir fuego en defensa propia. De esta manera se dio muerte a los cinco delincuentes: Margarita Guevara Huelpe, Luis Barraza Gonzáles, Antonio Figueroa Escobar, Francisca Sepúlveda Nereira y Leonardo Castro Huck. Blablablá…

—No —dije con la voz ahogada—, ¡no! —grité, intentando retener las lágrimas.

—Sí, todos muertos, limpias las calles. Serán llevados a una fosa para traidores y delincuentes —respondió el hombre de la barba—, así que entenderás que debo tomar precauciones con los otros familiares que, según me notificaron, son bastante sospechosos. Necesito que me digas cuándo fue la última vez que viste a tu primo.

Volví a bajar el tono de voz. Temblaba y quería llorar, pero debía contenerme. Mi ojo me ardía con fuerza.

—Siempre desayunamos juntos —dije—, no noté nada raro.

—¿Por qué no estabas en casa? —me preguntó con voz seca y sin ánimo.

—Estaba estudiando, no me ha ido muy bien, necesito mejorar mis notas —dije, ahogada.

—Sé que necesitas subir el promedio, ya estás peligrando la universidad. Mira, solo dime si tu primo te habló alguna vez de sus amigos y quiénes eran sus amigos, y podrás irte.

—No lo sé, estaba un poco raro últimamente, pero no me hablaba mucho de sus amigos —respondí.

—¿Y de qué hablaban? —dijo, desganado pero atento—. Por ejemplo, aquel día en que salieron juntos de tu casa en automóvil...

Me quedé fría, sentí que mis ojos se desorbitaron, sentí un hormigueo en la nariz y las lágrimas comenzaron a salir de mis párpados. No cambié mi expresión, el hombre reía sin quitarme los ojos de encima.

—Mira, te voy a dar una... llamémoslo una oportunidad. Apenas recuerdes quién es el informante de tu primo, llama a este número. Pero no te demores mucho, porque sabemos que tú conoces al menos a uno, las triangulaciones de contactos que hemos hecho lo indican. Y recuerda que esto no se trata solo de ti, sino también de tu familia. Y de otras faltas que sabemos que se comenten dentro —finalizó con una sonrisa que marcaba todas las líneas de su rostro. Por un segundo, vi sus ojos cambiar súbitamente, se pusieron blancos como la leche fresca.

Cuando regresé a casa, aún estaba tiritando, apenas podía caminar y no dejaba de llorar. Roberto ayudó a mi tía a entrar y tío Ángel, con la mirada gris y perdida, sin decir una palabra ni mostrar expresión alguna, cerró la puerta con llave.

La casa estaba claramente ultrajada, no parecían haberse llevado nada pero revisaron cada uno de los cajones y escondites de la casa. Fabio se había orinado en el piso y dejado sus pelos por toda superficie.

Mi tío nos miró por unos segundos, sin cambiar su expresión, tomó un papel y comenzó a escribir unos garabatos. "MICRÓFONOS", se leía, pero mi tía simplemente rompió en llanto y se arrodilló sobre el piso. Hasta donde tenía entendido, mi tío había trabajado (o trabajaba aún, en cierto sentido) para el gobierno, así que solo atiné a seguirle la corriente. Él sabía qué hacer. Mi tía, en cambio, veía el peor de sus miedos convertirse en realidad frente a sus ojos, hinchados como naranjas.

Roberto, quien estaba quieto mirando el piso, comenzó a temblar y de manera súbita pateó una taza que había caído al piso contra la pared, haciéndola pedazos, pequeñas conchas blancas desplazadas por el piso. Luego subió corriendo a su habitación y dio un portazo abrupto, seco, que gruñó como una bestia que acababa de perder a sus cachorros. Yo comencé a ordenar un poco, pero mi tío se me acercó.

—Yo me encargo —murmuró y me envió a mi habitación.

Puse la almohada contra mi cara y grité hasta que mis pulmones se quedaron sin aire. Escuché a Roberto hacer algo parecido, pero rompiendo más de una cosa contra el piso y las paredes de tabique y yeso de su cuarto.

Mis lágrimas y mocos quedaron esparcidos por todo el cobertor mientras intentaba respirar, pero cada vez que imaginaba la cara de Leonardo, volvía a partir en llanto y sentía que me ahogaba.

La realidad, la cruel realidad, era que los lamentos de dolor de mi familia eran distintos a los míos. Yo lloraba por culpa, un peso en los pulmones que no aguantaba, que me aplastaba con cada recuerdo y cada segundo perdido. Si mi primo estaba muerto, es porque yo no había cumplido un simple favor.

Me levanté de la cama y me acerqué a la habitación de Leonardo. Dentro de ella todo estaba destruido, pues habían buscado en cada cajón, en cada esquina e incluso habían cavado hoyos en las paredes para asegurarse de que no quedara un espacio disponible por revisar. Miré su escritorio y pude distinguir los lentes que usaba para leer semi resquebrajados. No le gustaban y los escondía en su habitación para que sus amigos no lo notaran, a menudo llegaba con jaqueca por eso. Los tomé, los abracé entre mi pecho y mis manos, y volví a mi habitación.

Alrededor de las tres de la mañana, finalmente me dormí. No tuve sueño alguno, pasé largas horas en la oscuridad hasta sentir la luz de la mañana atravesar mis párpados.

IV

Nadie bajó a desayunar, las puertas de toda la casa estaban cerradas y las ventanas tenían las cortinas totalmente desplegadas, dejando entrar apenas una estela de luz entre los retazos. Me senté en la mesa del comedor, tomé un vaso de leche y unas galletas que estaban algo pasadas. Después de unos segundos en silencio, las lágrimas volvieron a brotar de mis ojos.

Decidí salir a caminar. El cielo estaba nublado y una brisa húmeda llenaba los pulmones. Tomé las llaves y subí por la calle con la vista en el suelo, acompañada por el quiltro que rondaba por el barrio, cojeando de manera similar a mí.

Los Jiménez no estaban en casa, o al menos el auto había desaparecido y todas las cubiertas de las ventanas se encontraban cerradas. Las calles estaban prácticamente vacías, exceptuando un grupo de milicianos que iban tocando puertas y consultando una lista que uno de ellos tenía entre las manos. Las calles habían sido lavadas o humedecidas por alguna lluvia matutina.

En los colegios y escuelas había gente. Eran filas de almas angustiadas, esperando su turno para entrar al local de votación. Sus ojos reflejaban, como siempre, un tenue brillo de esperanza, pero sus labios estaban cerrados, apretados entre los dientes. No se atrevían a comentar nada con sus compañeros de espera y menos referirse a los guardias. Si se veían sospechosos, normalmente se los acosaba hasta que dejaban su lugar.

Cuando llevaba alrededor de diez minutos, me apoyé contra una pared de un edificio decaído. Mi espalda me dolía un poco y quería descansar. El cielo estaba tenuemente nublado, aunque podían verse destellos de azul. El aire olía a cloro pesado, mi cabeza daba vueltas y no podía quitarme la imagen de mi primo de entre los párpados. Estaba pegada, anclada en mi subconsciente, me seguiría hasta el fin de mis días.

—Gabriela —escuché a mis espaldas. Sentí un escalofrío profundo y viré mi cuello.

El cuerpo de Diego se veía erosionado, como si fuera

parte de una película dañada. Temblaba y su voz se escuchaba intermitente. Sus ojos estaban enrojecidos y su cabello había perdido gravemente su color. Mi corazón empezó a palpitar muy fuerte, mis orejas se pusieron rojas y una lágrima salió de mi mejilla.

—Malas noticias, todos los nuevos deltas están con la orden y yo soy su objetivo ahora —dijo, sin dejar de temblar—. Federico me dijo que habías vuelto a tu casa... y supe lo que pasó con tu primo —cerró, con una expresión de vergüenza.

Comencé a temblar, pensar en Leonardo me hacía querer gritar hasta que mis pulmones se desintegrarán. Él se acercó a mí y me abrazó con fuerza.

—Es mi culpa —dije con la voz ahogada y llorando con todas mis fuerzas—, no le dije a mi primo que vendrían a buscarlos...

—No —me respondió—, es mi culpa, yo te metí en esto.

Sentí sus dedos acariciar mi nuca mientras mi cara estaba presionada contra su pecho. Mi cabeza comenzó a dar vueltas. Su corazón ya casi no latía, era el simple eco vacío de una vida humana. Un eco que se mitigaba con cada segundo, que se perdía y acallaba.

—¿Por qué no me dijiste antes? —pregunté—. Federico me contó todo. Si no estuvieras así de mal... la verdad estoy furiosa contigo. Si hay algo que no aguanto son las mentiras.

—Federico también me dijo que habían hablado —respondió. Separó su cuerpo del mío y me miró fijamente a los ojos.

Diego se quedó en silencio unos segundos y, aún temblando, acercó su cara hacia mis labios. No supe qué hacer. Me quedé petrificada y los nervios se apoderaron de mi cuerpo. Sin detenerse, me dio un beso. Sostuve su cabeza y sentí mi cuerpo entrar en calor. Mi estómago se apretó con fuerza. No quise detenerme. Cuando nos soltamos, fruncí el ceño con fuerza.

—¿Por qué no me lo dijiste antes? —volví a preguntar, esta vez con un hilo en la garganta, angustiada.

—Porque hacés demasiadas preguntas —acabó con una sonrisa— y aunque me encanta, también me desespera.

Aunque aún no podía parar de llorar, le sonreí de vuelta. No podía creer lo que acababa de pasar. Mi corazón palpitaba tan fuerte que golpeaba mi pecho intentando salir. Estaba nerviosa, mucho más nerviosa que cuando mi ex me había besado por primera vez. ¿Era miedo? No, era felicidad y tristeza al mismo tiempo, como una fantasía que solo hubiera podido ocurrir en mi cabeza.

—Alguna vez me dijiste que, si me contabas sobre tu pasado, nunca te iba a perdonar —dije, sin dejar de temblar.

—Porque hay muchas cosas de las que me arrepiento. Por ejemplo, no haber estado ayer para protegerte, te juro que hubiera matado a ese PFDP, le hubiera sacado los ojos —dijo, más serio.

Diego exhaló un grito ahogado de dolor y se apoyó contra la pared. Comenzó a tiritar de forma intermitente y a gruñir mientras intentaba mantenerse de pie.

—Necesitas volver a la galería —intuí.

—Solo llegar allá y descansar… viajar solo al pasado fue muy imprudente, y que me vieran más aún. Gabriela, tenemos un problema, me… —cayó de rodillas, con la voz ahogada y una tos muy seca.

Miré al cielo intentando pensar. La galería no estaba cerca y no creía poder ayudarlo a llegar con mi espalda dañada.

—Mi teléfono —dije en voz baja—, ¿puedes entrar?

—Se hará añicos —respondió, respirando ajetreado.

Le di una palmada fuerte en la cabeza y lo vi a los ojos.

Estaban inyectados en sangre y mi expresión no toleraba debate. Luego saqué el aparato de mi bolsillo. Él me miró, volvió a darme un beso y, en pocos segundos, desapareció en el aparato.

V

Corrí con todas mis fuerzas y me subí al primer bus que me acercara a la galería. Luego seguí corriendo, como nunca, toqué rápidamente la puerta y, apenas Federico me abrió, bajé hacia túnel para dejar el teléfono almeja en el suelo. En unos segundos comenzaron a salir chispas del aparato, que temblaba y emitía bips sin tregua, hasta que comenzó a derretirse. Diego salió con dificultad, tropezando y respirando agitado, para caer en el piso del túnel.

—Déjame... —dije e intenté ayudarlo a levantarse, pero estaba muy debilitado. Su cabello estaba blanco y sus ojos también.

—Oh, dios, esto está muy mal. Te dije que no salieras —gruñó Federico, tomándose los pelos de la cabeza.

El delta se apoyó en la pared, sonrió y dijo:

—No me podía quedar esperando.

Con las piernas enclenques, desapareció tambaleante en la oscuridad. Entonces el túnel comenzó a emitir un bramido, el sonido de una fuerte corriente de aire soplando por los canales como una flauta. Mi estómago se retorció.

—¿Estará bien? —pregunté, mirando hacia el túnel.

—Recuperará su energía, pero no podrá reparar el daño —dijo Federico, serio—. Santo Carl Sagan, no tenía previsto tener que esperar tanto... ya debiéramos estar...

—Todo por nada —respondí, temblando.

—Creo que es peor que nada —añadió el científico—, y

hoy es día de elecciones.

Puse mis manos sobre la cara y contuve las lágrimas de nuevo. Federico me ayudó a llegar a la sala de control, donde me senté en una silla y puse mi cabeza entre mis rodillas.

—Supe lo de tu primo —dijo y se sentó a mi lado.

—Espera, ¿cómo? —me levanté y le vi la cara.

Mis ojos no podían contenerse en sus cuencas, pues Federico tenía varios moretones en el rostro y la nariz con una banda que atravesaba su tabique. Sus dedos, cruzados entre sus piernas, temblaban y estaba en una posición muy extraña.

—El padre de Julia se enteró… Ayer, aprovechando el caos, mandó a la PFDP a golpearme por disidencia política. Luego me llevaron a la sala de interrogación. Primero se burlaron, me amarraron a la pared y comenzaron a dibujar símbolos del partido en mi ropa, con sangre. Pensé que solo me estaban metiendo un susto para que no me acercara más a Julia. Luego —respiró profundamente—, luego me llevaron a otra habitación. Ahí estaban hablando de la purga que habían hecho con unos estudiantes, de cómo habían inventado toda la historia del reporte y que supuestamente "la niña Huck sabía algo".

Respiré hondo para aguantar las lágrimas. Federico se quedó en silencio, se levantó rápidamente a cerrar la puerta del búnker y regresó.

—Día de elecciones, podrían venir a buscarme para llevarme a "votar" —añadió y volvió a sentarse—. Bueno, en ese lugar me amarraron a la silla y entonces llegó este tipo… Tenía los ojos blancos, o casi blancos. Me preguntaron por mi compañero de trabajo en el ministerio, el chino. Mierda, creo que quizá saben que estoy haciendo algo con su trabajo.

—Oh —bramé. No sabía qué más agregar.

—Sí, ahora todo será más difícil. Se sintieron amenazados antes de que pudiéramos separarlos de los monumentos, al menos al consejo. Me hubiera gustado… quizá ver cómo hubiera sido Chile si Cornejo no hubiera ganado, apoyado por ellos.

Escuchamos un ruido en el piso superior, unos pasos que parecían dirigirse hacia nosotros. Federico se acercó rápidamente a una pantalla y comenzó a presionar un botón repetidas veces.

—Mierda —dijo en voz baja.

Volvió a abrir la escotilla y subió hacia el sótano de la casa.

—¿Qué haces aquí? —le escuché decir con fuerza antes de cerrar el paso.

Yo estaba aterrada, miré la máquina y un millón de imágenes pasaron por mi cabeza. Puse mis manos en mis bolsillos y, temblando, saqué los lentes de mi primo.

Una fuerza comenzó a apoderarse de mí. Me levanté, me acerqué a la escotilla y la trabé silenciosamente. Encendí la máquina, me senté y me quedé mirando al cielo en silencio con los lentes de Leonardo bien sujetados en mi mano. Era cierto, anoche los había tomado con la esperanza de soñar o inducir un viaje, pero apenas pude dormir. Y hoy, me había levantado con la peor idea que había tenido en mucho tiempo. Yo podía salvarlo. Pero, si lo hacía, pondría aún más en peligro a todo el mundo. ¿Y esos ojos blancos que mencionó Federico? Eran los mismos que había visto antes, estaba segura.

Cerré los ojos y una voz rebotó a mi cabeza: "Gabi, es una mierda de la que es difícil salir, este mundo no puede cambiarse a punta de sacrificios". Me quedé helada. ¿Me estaba volviendo loca? Leonardo me mataría si me viera haciendo esto.

Escuché a Federico gritar mi nombre y golpear la puerta

con fuerza y rabia. Entré en pánico, me levanté y guardé los lentes en mi bolsillo en mi camino hacia la escalera.

Capítulo 3: Los ojos del pasado

"No hay peor maldición que la inmortalidad".

I

25 de junio de 2015, Santiago de Chile.

—Me van a volver loco —dijo Federico al bajar.

Su rostro miraba al vacío y se agarraba la frente con la mano izquierda. Justo detrás bajó Julia, con su cabello celeste cortado a tijeretones, cubriéndole parcialmente la cara, mientras se disponía ligeramente encorvada.

—¿Julia? —dije con la voz rasgada de miedo.

—Si tus padres saben que viniste, nos matarán y quemarán todo esto… con mi cadáver dentro —dijo Federico y de un refrigerador antiguo y descompuesto sacó una botella de vodka de etiqueta gastada.

—No lo harán, porque les dije que vendría —dijo Julia, apretando sus manos.

—¿¡Qué!? —gritó el científico a pecho abierto.

—Escúchame —agregó—, ellos se enteraron de todo porque te estaban persiguiendo, te juro que yo no les dije nada. Mi padre me encerró por días.

—Genial, simplemente genial —dijo, meciéndose en su silla.

—Y también les dije que vendría a cortar todo… contigo —cerró Julia con tono de llanto.

Federico se quedó en silencio, abrió la botella y se sentó

en la silla frente al panel de controles gastados. Se mecía de un lado a otro y el eje del asiento chillaba con cada roce, quebrando el ambiente.

—Pues, hazlo —gruñó Federico, con un hilo de voz en la garganta, pero Julia no dijo nada—. Hazlo —reiteró con rabia.

Julia abría la boca, pero ninguna palabra salía de entre sus dientes. El científico levantó la botella hacia sus labios, pero justo antes de sentir las primeras gotas, se detuvo. Hizo un ruido agudo, frunció el ceño hasta arrugar completamente su frente y me miró serio.

—Huck… ¿encendiste la máquina? —dijo.

—Lo hice —respondí, cabizbaja.

—Y luego cerraste la escotilla —confirmó.

Me quedé helada. Federico comenzó a temblar y luego apagó el aparato.

—¿Dónde querías viajar? —preguntó el científico.

—No importa, no hice nada —dije en voz baja.

—Gabriela… —formuló con ojos desorbitados—, tu primo no va a volver. No me digas que… nos pusiste a todos en peligro, de nuevo.

—¿Cómo? —dijo Julia con un tono ahogado.

—No lo iba a hacer —respondí llorando—, no sabes cómo me siento, quiero verlo, pero más que eso, ¡lo único que quiero es que todo termine!

—¡Fuera! —dijo con voz seca—. No puedo lidiar con todo esto al mismo tiempo, lo lamento mucho por tu primo, pero tenemos problemas más grandes ahora.

Fue el presagio más acertado y terrible que el científico jamás haría.

En un instante súbito y agobiante, la electricidad del sótano se cortó, dejándonos a los tres en la penumbrosa oscuridad del subsuelo. Escuchábamos los sonidos de las goteras y la exhalación de los aparatos electrónicos apagándose.

Comencé a respirar agitada, impotente. No estaba segura de lo que ocurría, pero mi corazón me ponía en alerta ya que mis ojos no podían distinguir figura alguna. "Todo va a estar bien", pensé, engañándome. Pero apenas mi cerebro comenzó a responder, un ruido metálico quebró el silencio, algo me agarró del estómago y me empujó contra la pared tan rápido que no alcancé a inhalar un suspiro.

Sentí una electricidad entrar en mi pecho, lo que me paralizó completamente. Una incandescencia roja, la luz de emergencia, se encendió unos segundos después. Me rodeaban unos brazos putrefactos con uñas negras. Federico estaba atónito y Julia cubría su boca con ambas manos.

—Por fin te tengo —dijo la voz que me aplastaba. La reconocí casi inmediatamente.

Trataba de liberarme, pero cada intento de moverme significaba un dolor horrible, como si un objeto puntiagudo estuviera enterrado en mi pecho y rozara mis nervios. Mi cara, sostenida por una de sus manos, ardía como si sus dedos fueran fierros incandescentes. No podía respirar y, aún peor, sentía que me estaban extrayendo el aire de los pulmones con una aspiradora.

—¡Soltala! —escuché, con eco, la voz de Diego—. ¡Ahora, Niko!

Por alguna razón que no alcancé a reflexionar, el ser cedió en fuerza por una fracción de segundo, que aproveché para separarme con las piernas. El dolor era tal que caí al suelo y no podía siquiera levantar mi cuello. Me retorcía y quemaba por dentro. Intenté abrir los ojos, pero todo se veía nublado.

—Así que tenía razón —dijo la voz penumbrosa.

—Podría sentir tu putrefacción a kilómetros de distancia —señaló el delta.

—Me imagino que Ania también podría, si no la hubiéramos desaparecido —recitó el espectro con la voz rasgada, tenuemente alegre.

—No te atrevás a mencionar su nombre —sentenció Diego—. Julia, ayudá a Huck.

Sentí a Julia acercarse a mi cuerpo y tratar de levantarme, pero mis piernas no respondían. Federico la ayudó y ambos me arrastraron hacia una silla contra la pared. Diego estaba erguido, apretaba ambos puños. El delta, delgado y asqueroso, caminaba encorvado de un lado al otro. Con un chasquido de sus dedos, la luz se volvió a encender y pude ver todo con más claridad.

—Esto es toda una asombrosa coincidencia —dijo el delta loco—. El científico que empezó estudiando esta máquina fue ejecutado en Beijing, pero justo este esperpento consiguió los planos de su trabajo. Quién diría que esa simple pista me llevaría a encontrar al criminal más buscado de la orden y que, con él, estaba el viajero —Niko giró su cabeza erráticamente mientras reía de manera desquiciada.

—¿Criminal más buscado? —pregunté en voz baja.

—Cerrá. La. Boca. —dijo Diego con tono autoritario.

—¿No quieres que tus amigos se enteren de la clase de persona que está detrás de tu carita de niño bueno? Tr... Traidor asqueroso. Viajaste al pasado sin ayuda y te tragaste el anzuelo de la muerte del presidente, cometiste el peor de los errores, te encontré y ahora vas a desaparecer por eso.

Pude ver que Diego temblaba de miedo, pero se mantenía en pie con los alientos que había recuperado del túnel. El delta loco comenzó a acercarse lentamente hacia mí y Diego se interpuso firme.

—Esto acaba aquí —dijo Diego.

—Yo no le respondo a un cobarde —gritó Niko y comenzó a reír.

Diego levantó su brazo y, en una demostración de poder que jamás había visto, lanzó una onda que emanó de su cuerpo y golpeó al delta, dejándolo inmóvil. Niko tenía los ojos abiertos y su iris blanco amenazaba con un modo psicópata, mientras su garganta emitía ruidos de rabia. Diego respiró profundamente y se volteó a verme con ojos de tristeza. Se acercó y me dio un abrazo con todo su cuerpo.

—Está controlando el... —murmuró Federico, impresionado

—Llegué muy tarde —gruñó Diego, mientras respiraba agitado.

Yo comenzaba a recuperar mi fuerza y lo abracé de regreso. Nos miramos a los ojos, ambos inyectados en lágrimas, y él continuó:

—Nos queda alrededor de un minuto. Voy a hacer algo, pero necesito que sean fuertes, estarán solos de acá en adelante.

—No —dije, cortante—. No puedo hacerlo sin ti, eres el único que sabe cómo ganarles, qué puntos atacar —mi voz se entrecortaba con mis lágrimas.

—Fui yo —dijo Diego con angustia—. Ellos querían matarte, pero yo no lo sabía —añadió.

Mi corazón comenzó a palpitar muy rápido, Federico se había levantado para cerrar la escotilla con todos los seguros y Julia estaba en una esquina, en posición fetal.

—En mi línea de tiempo, ellos nunca van a buscarte —dijo finalmente y me dio algo que puso sutilmente entre las manos—. Pero en esa línea, nosotros no... y vos eras tan pequeña y te arruinaron la vida y, se tomaron un país completo para hacer estatuas de un demagogo populista. Pero... si lo cambiaba, nos encontrarían —Diego comenzó a distorsionarse, al igual que Ania lo había hecho, como una intermitencia— y esto es lo que más lamento. Lo triste de encontrar un mensaje en una botella es que, para el tiempo que encuentres a quien la envió al mar, probablemente sea demasiado tarde.

—Treinta segundos —dijo el científico y se armó con una extraña escopeta, llena de cables.

—No es seguro que se queden aquí, seguramente Niko ya avisó a todo el mundo y tienen grabaciones de Gabriela viniendo hacia acá —dijo el delta y me miró a los ojos—. Te amo —finalizó. Me besó con fuerza y yo me quebré en llanto.

Niko comenzó a moverse y aquellos gritos ahogados salieron de sus pulmones. Perdió el control. Se abalanzó sobre Diego y este intentó contenerlo, sujetándolo de la espalda.

—No puedes desaparecerme, soy inmortal, he logrado la inmortalidad, como mis compañeros. Ellos vendrán por mí, ya les advertí que estoy aquí y ellos lo saben —gritaba el delta loco, entre aullidos de rabia.

—No tenés amigos, el consejo se ríe de vos, sos una peste, un error —dijo Diego con voz grave—. No puedo eliminarte, pero puedo hacer lo contrario —finalizó y le mostró a Niko la muñeca de madera avejentada.

Recordé la primera vez que lo había visto cargarla, angustiado en aquella banca del parque. Al principio no entendí bien qué quería hacer con el artilugio, pero el delta loco comenzó a gritar y a retorcerse. Intentaba morder el brazo de Diego para escapar.

—¿De dónde lo sacaste? —dijo el delta, entre aullidos de desesperación.

—Investigué por años dónde estaba y cuando supe que nos estabas persiguiendo, me propuse encontrarlo. Pero... pensé que podía llegar acá sin usarlo —respondió Diego y me miró a los ojos, sus lágrimas comenzaban a contenerse en sus pestañas—, porque su final significa también que yo... y no quería llegar a esto, no quería dejar de verte, lo siento mucho —susurró, sin despegar la vista de mi rostro.

El delta loco se vio rodeado por una luz que emanaba del cuerpo de Diego. Entonces supo que todo había terminado.

—Puedes intentar lo que quieras, pero igual recuperaremos este país de mierda. Tarde o temprano bailaré sobre sus cadáveres y todo será caos, será por su bien —finalizó.

La luz que emanaba del cuerpo de Diego encandiló hasta la última célula se mis córneas. Fue tan intenso que tuve que cerrar los ojos. Sentí, por ultima vez que Diego se acercó hacia mí, me abrazó y exhaló por última vez. Ambos desaparecieron de la habitación, dejando un olor a eucalipto quemado que impregnó cada centímetro del búnker. Respiré profundo y volví a llorar. Serían mis primeras y quizá últimas lágrimas de amor.

II

No sabíamos qué hacer. Julia caminaba de un lado al otro, temblando y con los brazos sosteniéndose el estómago. Yo recuperaba la consciencia y pensaba en lo que Diego me había dicho: "Te amo". Mientras, Federico juntaba objetos en una maleta con un par de botellas de vodka y llenaba una mochila de dólares y pesos que sacaba de cada escondite que había alrededor.

—Vienen por nosotros, tenemos que irnos ¡ahora! —dijo.

—Me matarán, mi padre me buscará en cualquier punto y latitud del planeta —añadió Julia en voz baja.

—¿No escucharon a ese loco? —gritó el científico—. Él es el rechazado, la carne de cañón, imaginen los monstruos que lo mandaron y toda la PFDP que seguramente se dirige acá cuando vean que la niña que tuvieron en interrogación conoce al científico desertor que quiere tumbar al régimen.

Me miré al espejo. Mi frente lucía una quemadura, tenía un ojo morado y la piel grisácea, pero lo que más me impactó fueron mis ojos grises, como si me hubieran quitado parte de mi alma. Sentí que estaba muriendo y mi cerebro seguramente también lo creía, pues tiraba ráfagas de adrenalina por mi cuerpo.

—Escuchen —dije en voz baja y saqué el objeto que Diego puso en mi mano. Era un boleto de tren subterráneo—, Diego quería que escapáramos, pero esta será la última oportunidad de usar la máquina. Además, si realmente está haciendo que Niko vuelva a nacer, significa que esta realidad cambiará abruptamente en cualquier segundo y quizá todos estemos muertos.

—Tus ojos —dijo Julia en voz baja.

—No sé qué me hizo ese loco, pero no importa —añadí—, quien no tiene nada que perder, tiene todo por ganar.

—¿Qué sugieres? Porque yo aún tengo mucho por perder, partiendo por mis dientes —dijo Federico, sosteniendo su equipaje y abriendo el túnel hacia Yungay.

—Un último viaje —respondí y les mostré lo que Diego me había dejado.

III

Escuchamos pies y voces recorrer el piso superior del búnker. Federico miró la pantalla que emitía la señal de las cámaras de seguridad y comenzó a agarrarse el cabello tan fuerte que se arrancó un par de mechones.

—Me gustaría decir "tenemos compañía", pero es mucho peor que eso —dijo. Entonces, el detector de energía temporal empezó a chillar—. Ellos tienen compañía.

—No tenemos alternativa —respondí, ya sentada en la

máquina. Encendí la cámara y comencé a hablar—. Antes de empezar, permíteme contarte una historia.

—No hay tiempo para detalles, Huck —me dijo Julia, encendiendo los aparatos.

Los pasos se detuvieron y, pocos segundos después, comenzamos a escuchar golpes metálicos directamente por sobre la escotilla. Julia lanzó un grito, pero siguió preparando la máquina y canalizando la energía hacia el aparato.

Me detuve un segundo y miré a la cámara, el lente parecía un ojo que me observaba como un juez severo esperando a cortarme la cabeza.

"No estoy segura si lo que estoy grabando seguirá una vez que despierte. Pero debería, Kennedy acabó muerto, ¿NO ES ASÍ?"

"Crack", se escuchó desde el aparato. La luz roja tintineante se apagó por última vez y con ella la única fuente luminosa de la habitación.

—Una noche, solo una noche más —me dije a mí misma—, ya es hora de volver a despertar, si es que logro volver a hacerlo.

Julia me miró con el ceño fruncido y los pómulos rojos. Sus manos presionaban la mesa tan fuerte que las uniones de madera crujieron como la bisagra oxidada de una puerta. Me entregó la cinta del video y respiró profundamente.

—No tienes por qué hacerlo —gruñó—, te van a matar y tú lo sabes.

Federico, el científico de rizos castaños, con su metro ochentaicinco de altura, su barbilla alargada y sus brazos algo delgados para su contextura, se acercó a la chica y sostuvo su hombro. Mi amiga rompió en llanto e impotencia. Esos locos iban a llegar y nos iban a matar a todos.

Julia no me entendía, tenía que dormir, aunque no fuera a despertar. Era mi culpa que él ya no estuviera, era mi culpa que todo hubiera cambiado y que esos deltas estuvieran tras ellos. Lo controlaban todo, todo menos mis sueños.

Se escuchaban los gritos de aquellas criaturas intentando entrar al búnker y las órdenes de algún miliciano de la PFDP que los dirigía. Mientras, la luz iba y volvía.

—Toma el somnífero y recuéstate —dijo Federico sin soltar a Julia, quien temblaba de miedo. Sus flecos lisos y celestes caían sobre su frente y se mezclaban con sus lágrimas.

¿Cuándo comenzó toda esta pesadilla? La respuesta real es: cuando era niña, quizá antes de nacer.

IV

31 de enero de 1973, 15:00, Buenos Aires, Argentina.

Llovía, como suele pasar luego de un par de tardes acaloradas en la ciudad de Buenos Aires. Por las angostas escaleras que bajan a la estación de Subte de Acoyte, un río resbaladizo prometía quebrarles la espalda a los transeúntes descuidados. Yo desperté de golpe, mi corazón seguía agitado y aún estaba mareada por el viaje, pero me quedaba poco tiempo como para detenerme a divagar.

Sentía mucha fuerza, adrenalina mientras intentaba enfocar la vista. La lluvia era tan fuerte que se asemejaba a una ola chocando infinitamente contra la ciudad y el calor hacía difícil respirar. Traté de ubicarme y me puse a caminar hacia la eduardiana estación de Caballito.

Me encontraba en el cuerpo de Cecilia, una mujer moderna, de rasgos finos pero que ocultaba una musculosa figura debajo de su traje estilo francés blanco y negro. Todos los días sin excepción iba a la piscina olímpica (la pileta, me corrige) a entrenar, para distraerse tanto de su vida personal como de la situación del país.

Abrí mi paraguas, amarillo fuerte y con el mango de pino oregón color caoba. Estaba increíblemente nerviosa, sola, y luchando contra el reloj y el tiempo, pues cuando los deltas lograran hacerse paso a la habitación, nos asesinarían a todos, no sin antes torturarnos de maneras inimaginables. Seguramente me arrancarían las uñas mientras aún estaba en trance. No sabía bien cómo reconocería a Andrés Carmozil, hasta que lo vi corriendo hacia la estación. Era alto, joven y llevaba un traje azul marino gastado, pero presentable. Justo frente a él, un hombre de actitud zombificada, cabello negro, camisa blanca y pantalones grises caminaba hacia el metro, mirando levemente alrededor.

Tragué una bocanada de aire y me acerqué a la entrada con determinación. Sus ojos se veían perdidos y de un color enrojecido. Cuando interceptamos miradas, su disposición se transformó, se irguió e intentó esquivarme.

Reaccioné, me abalancé y lo sujeté con todas mis fuerzas, golpeándolo contra la pared de la entrada de la estación, mientras el hombre intentaba morderme para soltarse. Vi a Carmozil titubear al vernos, pero se adentró a la escalera y siguió su carrera al tren, que solo pasaba una vez cada 20 minutos.

El delta puso su mano con uñas asquerosas sobre mi cara y me apretó la nariz tan fuerte que sentí cómo se trituraba. Aquel crujido seco fue seguido de la sensación incontrolable de fluidos deslizarse hacia fuera. Mientras intentaba controlar el dolor, el hombre sacó una pistola entre sus ropas y se deslizó hacia la entrada. Intenté seguirlo, pero apenas pude asomar mi cabeza a la entrada, el delta empezó a disparar. Fueron dos tiros secos. Se escucharon gritos, conmoción y luego me miró profundamente a los ojos, para apuntarme justo en la frente.

—¿Quién eres? —preguntó. Su voz era rasposa y profunda.

—Un mensaje —dije, seria. Me levanté—. No los dejaré arruinar la vida de nadie más.

Lo vi sostener el gatillo, pero antes de que pudiera emitir un disparo más, dos militares lo derribaron. Mientras la gente curiosa se volvía una multitud alrededor del delta, yo aproveché de levantarme y bajar las escaleras del metro. Carmozil no estaba por ningún lado. ¿Habría podido subirse al tren? ¿Habría encontrado a la mujer de labios rojos?

V

31 de enero de 1973, 15:28, Buenos Aires, Argentina.

Justo cuando Carmozil comenzó a sentir sus piernas cansadas por la carrera y la angustia, vio una pelea entre una mujer y una especie de vagabundo a la salida de metro. Lo meditó un segundo, pero divisó a la policía acercarse y decidió bajar a la estación.

Mientras sus pies daban su último respiro en las escaleras, escuchó dos balazos que, si bien no le dieron, hicieron un eco tan fuerte en el túnel que hizo crujir sus tímpanos y su cerebro. El joven resbaló y cayó de cola hasta el fondo. Por un par de segundos miró al piso y apoyó los brazos en las losas del suelo, recuperando el aliento. Luego reaccionó, pues la adrenalina era intensa, y se levantó de golpe para escapar de una posible balacera gestándose en la entrada.

Entonces su cuerpo comenzó a temblar, como si el destino lo estuviera llamando, gritándole a través de sus huesos endebles. Estaba a punto de perder el tren, aún sentía un aullido en su cabeza y tenía la vista nublada. Cruzó el torniquete, corrió hacia el tren cuyas puertas amenazaban con cerrarse. Solo había una pequeña chance de que alcanzara a adentrarse en la máquina. Cerró los ojos y apretó los dientes, su cerebro y su conciencia le gritaban que aquella sería su última oportunidad para conseguir un empleo decente. Saltó con todas sus fuerzas hacia las puertas metálicas que aullaban su cierre. Eran las 15:32.

—¿Estás bien? —escuchó una voz sobre su nuca.

Estaba en el suelo del vagón, de boca al piso y con la basta del pantalón enganchada en la puerta mecánica del metro-tren.

—Sí, gracias —dijo antes de levantarse. Abrió los ojos y podía ver con claridad, ya no le dolía la cabeza, hasta se le había olvidado el intento de asesinato del que acababa de ser víctima. Aquella voz pertenecía a la mujer más hermosa con la que se hubiera topado en la vida.

VI

Cuando abrí los ojos, desperté en una habitación incómodamente extraña.

Las paredes eran de un gris opaco y una televisión yacía encendida en el suelo, con intermitencia, como si mil hormigas intentaran robarse la señal al mismo tiempo, o como si un enjambre de abejas blanco y negro estuvieran acechando su panal. Detrás del aparato, había dos puertas cerradas, de madera sólida y cerraduras de bronce forjado, avejentado.

Una sola ventana cubierta por cortinas blancas dejaba entrar tenuemente luz hacia el interior. Intenté respirar, pero nada de aire entró a mis pulmones. Miré hacia abajo y me vi en un vestido blanco, mi piel también se veía en escala de grises, como si hubiera entrado en una película de los '50 o una novela noir.

—Te vuelvo a ver —dijo aquella inconfundible voz espectral.

El sonido se emitía desde la televisión, con la estática interfiriendo en los tonos y las palabras.

—¿Dónde estoy? —dije al acercarme al aparato.

—Querida, tú sabes bien dónde estás —me contestó—. Fue algo muy valiente eso que hiciste, pero sabes que tendrá consecuencias.

—¿Me vas a llevar? —pregunté con voz leve.

La pantalla de la televisión comenzó a parpadear.

—¿Qué? ¿Acaso crees que soy la muerte o algo similar? —me respondió.

—La última vez que hablamos, me dijiste que pronto me uniría a ustedes —advertí con seguridad—. Entonces desaparecí —intuí.

La luz de la ventana se atenuó, la habitación se oscureció y pude ver una silueta humana en el contraste de la estática en la televisión.

—No aún, pero te voy a dar una opción. Si vas por la puerta izquierda, todo habrá terminado. Puedo desaparecerte de la existencia y tendrás paz, tu familia tendrá paz y tu don se le dará a otra persona. Si vas a la derecha, volverás al mundo, pero tendrás que asumir todas las consecuencias de tus actos y, claro, el consejo volverá a buscarte. Vivirás la totalidad de tu existencia escapando, escondiéndote, luchando, fallando, perdiendo, fracasando.

Cerré los ojos con fuerza. La voz podría estar mintiendo, como todos a mi alrededor me habían mentido en algún momento. Sentí que mi corazón se dividía y mi mente comenzó a funcionar como una centrífuga fuera de control.

—Antes de tomar una decisión, quiero saber quién eres

—respondí, seria.

—Eso no importa —volvió a repetir—, lo único que debes saber es que el servidor con quien hablas esperaba que revivieras a tu primo. La decisión que tomaste me hizo cambiar mi postura sobre ti, una transformación en mis planes. Y luego, tu valentía. Pero aún no te das cuenta de lo más importante.

—¿Qué significa eso? —dije y tragué saliva.

—Que debes tomar una decisión, tómate tu tiempo. Acá no hay horas, minutos, segundos, sonrisas, bocanadas de aire, sonido, silencio, nada. Incluso me gusta tener compañía, si estás lista para unírtenos.

Volví a cerrar los ojos y apreté la mandíbula. Miré ambas puertas, mi corazón no latía, pero lo sentía salir por mi garganta.

Capítulo 4:
la vida que jamás existió

I

3 de julio de 2015, Viña del Mar, Chile.

Hace unos días desperté en el hospital. Y con todo lo que ha sucedido, aún odio los hospitales.

Mi primera reacción al abrir los ojos fue de angustia. El aroma ácido a desinfectante y yodo y el dulzor del aromatizante. La luz blanca y mortuoria que se abalanzaba sobre mí, sumada a una insoportable sensación de inseguridad y soledad, me helaban la sangre.

Me dolía la cabeza, apenas podía distinguir siluetas, no recordaba bien qué me había pasado y por primera vez en meses veía a mis padres. Estaban abrazados, mientras miraban fijamente la camilla en la que me encontraba. Mi madre, de silueta fina y mentón marcado, tenía el labio inferior seco y un poco descascarado. Mi padre tenía los ojos enrojecidos y la barba sin afeitar en varios días.

—¡Doctor! —gritó mi madre al verme intentar exhalar un sonido de mis pulmones—. Sh, sh… mi amor, quédate quieta, todo está bien —me susurró, acariciando mi cara.

Esa mujer era mi madre, pero no hablaba como mi madre. Cerré los ojos aún intentando recordar qué había pasado. Mi mente era como una pantalla en intermitencia y cada tanto podía recuperar voces, imágenes sueltas y sensaciones.

Mis padres me dijeron que mientras volvía de la universidad junto a una amiga, había tenido un ataque de naturaleza desconocida, había comenzado a convulsionar en la calle y había salido espuma de mi boca, sangre de todos mis orificios y lágrimas enrojecidas de mis ojos. Había perdido totalmente el conocimiento. Los doctores debatían sobre si realmente estaba en coma, pero el daño cerebral parecía severo.

Al principio mi motricidad fina estaba seriamente comprometida. Me costaba mover los dedos, escribir o formular palabras con muchas "r". Pese a eso, en un par de días ya podía hablar, caminar e incluso pensar con normalidad.

Lo único que estaba difuso era mi memoria de lo que había pasado. No recordaba a aquella amiga que ellos me repetían constantemente, me costó varios días recordar que estudiaba administración de empresas en Viña del Mar y que nosotros vivíamos en dicha ciudad desde hacía años. Cuando mi tía Verónica y mis primos pasaron para visitarme (en realidad, para molestarme), los doctores los hicieron pasar de a dos. Primero mis padrinos entraron y me llenaron de una extraña sensación de seguridad. Mi tía hablaba pausada, sosteniendo mi mano con compasión. No podía imaginar qué le había dicho mi padre sobre el accidente.

Luego, al ver a Leonardo entrar, lloré sin control. Por alguna razón me inundaron sentimientos de culpa y felicidad. Leo tenía una chispa en sus ojos que jamás le había visto antes, los dientes derechos y los brazos mucho mejor formados. Pero debieron regresar rápidamente a Santiago y no pude hablar mucho con ellos.

Los doctores les dijeron a mis padres que una drástica pérdida de memoria era normal en mi situación y que, con los controles adecuados y bajo observación, podría volver pronto a mi vida normal. Me cambiaron a una habitación compartida y entonces varios amigos fueron a visitarme. Me llevaron regalos, cartas, flores, pero no podía recordar bien sus nombres. "Qué bueno que estés bien", me dijo una chica de cabello marrón claro; "subamos una foto a instagram", me dijo otro grupo de amigos, al menos eso supongo que eran. Incluso había ido mi exnovio, Vicente (eso creo), preocupado de que yo no lo dejara entrar o no lo quisiera ver. Me trajo un oso de peluche que no cabía en la puerta y me pidió perdón. Yo no sentí nada al verlo, ni rabia, ni cariño.

Cuando por fin me dieron de alta, mis padres me llevaron a casa, entre las calles nortes y orientes de la ciudad, y me dejaron en mi habitación junto a todas las cosas que me traje del hospital.

Aquella habitación se me hacía extraña: las paredes pintadas en pastel, un gran espejo en la pared, un escritorio con trofeos apiñados uno frente al otro y varias medallas colgadas en clavos que parecían esperar cuadros o fotos para ornamentar las paredes.

Un olor tenue a vainilla relajaba los pulmones y el alma, pero en mis tímpanos seguía escuchando un pito agudo que me recordaba que algo andaba mal. En mi teléfono celular, uno con pantalla táctil, decenas de personas me habían dejado mensajes de apoyo, preguntando cómo estaba.

Me levanté, me miré en el espejo y mi expresión facial se deformó. Cerré la puerta, las ventanas, y me quité la ropa para verme mejor en el espejo. Mi cadera se formaba armónicamente sobre mis piernas, largas y musculosas. Mi cintura, angosta, dejaba que mi espalda delineara la forma de mi torso. Era esbelta, mi cara dibujaba líneas finas y delicadas desde mis pómulos hacia mi boca. Una estela de memoria golpeó mi cabeza, me vi a mí misma mucho más baja y cojeando. Por fin comenzaba a recordar.

Agarré mi cabeza con ambas manos, tirando mis patillas con fuerza suficiente como para arrancarlas. Los recuerdos se mezclaban en mi sien, podía ver a mis amigos y profesores de esta época (lo que fuera), pero también los rostros de un mundo que se veía tan real que podía despertar en él en cualquier momento. Pensé en gritar para pedir ayuda, pero la angustia se tornó rápidamente en curiosidad.

Corrí a ver mis pertenencias. Mis padres habían dejado las cosas con las que me habían llevado a urgencias en un bolso de deporte sobre mi escritorio. Tal como lo imaginaba, una cinta de video acompañaba a mi bolso y mis zapatos de ballet gastados.

II

Intentaba pensar en todo lo que había pasado como un sueño, como la más larga de las pesadillas. El país en el que había despertado no sabía ni había escuchado de Raúl Cornejo y la historia era profundamente distinta. De hecho, había al menos tres versiones de la historia siendo contadas al mismo tiempo, compitiendo. No había milicias civiles, no había solo una opción para pensar… pero los vecinos seguían siendo medio chismosos.

Mis padres tenían una panadería familiar y, pese a que trabajaban mucho, se los veía infinitamente más felices que "antes". Cuando pude reunir suficiente valor, me metí en una computadora y busqué en internet a Federico. Lo encontré sin mucha dificultad en la página del Instituto Tecnológico de Massachusetts (MIT), en Estados Unidos, dirigiendo su propio departamento de investigación.

En cambio, no había nada de Julia más que sus redes sociales personales y estaban completamente cerradas para público, excepto por una foto de perfil tomadas desde arriba, donde no se le veía toda la cara. Vivía en una ciudad llamada Vallenar… quedaba al norte del país y, por las fotos que pude ver, era desértico y poco atractivo. Pensé en escribirle pero ¿qué posibilidad había de que ella se acordara de mí? Ninguna. Ambas estábamos solas.

Pasaron semanas y un día, mientras me preparaba para ir a la universidad, sonó el timbre de la casa.

—¡Mamá! —grité—. ¡Mamá, la puerta! —bramé luego, pero nadie me respondió y el timbre volvió a sonar—. ¡Papá, el timbre!

Bajé las escaleras de la casa gruñendo, encajando mis zapatos para salir, y me asomé por la mirilla. Mis pupilas se dilataron, mi corazón latía descontrolado, respiré profundo, abrí la puerta y comencé a temblar mientras intentaba mantener la compostura.

Diego Carmozil estaba ahí, mirando el mensaje en la alfombra del recibidor, con las manos en los bolsillos del pantalón y la espalda un poco encorvada. Llevaba lentes de sol estilo aviador, tan negros que no alcanzaba a verse su iris.

Cuando levantó la vista no dijo nada, simplemente se limitó a quitarse los anteojos y guardarlos en su bolsillo. Su mirada, aquellos ojos profundos e inconfundibles y unas ojeras que marcaban una expresión de preocupación, tristeza y compasión, me hicieron entender que él también sabía quién era yo.

Su cabello tenía varias canas que resaltaban sobre el negro, aunque desgastado. Llevaba una barba de varios días, arrugas marcadas en la frente y cerca de los ojos, y la piel un tanto seca. Debía tener cerca de cuarenta años.

—Disculpáme —dijo con acento—, ¿sos de casualidad Gabriela Huck?

—Ah —dije desde el estómago y en voz baja—, así que no me recuerdas.

Diego sonrió, me sostuvo de ambos hombros, sus ojos comenzaron a enrojecerse.

—No iba a olvidarte —susurró.

Reventé en lágrimas, lo abracé con todas mis fuerzas y

respiré profundamente mientras mi corazón seguía palpitando tan fuerte que sentí que se salía de mi pecho. Me quedé varios respiros así, hasta que un aroma tenue comenzó a picar en mis narices.

Mi cuerpo se tensó mientras un escalofrío me apuñalaba la espalda. Los brazos de Diego estaban caídos, sus manos empuñadas y su postura erguida. Incliné lentamente mi vista hacia su cara y comencé a temblar aún más, ya no por emoción, sino que por angustia.

Diego tenía la cara enrojecida, pero inerte, los ojos cristalizados en lágrimas, pero fijos en el horizonte.

—Lo triste de encontrar un mensaje en una botella es que, para el tiempo que encuentres a quien la envió al mar, probablemente sea demasiado tarde —recitó, sin mirarme, con un nudo en la garganta.

El olor se hizo más intenso y pude divisar un auto negro acercarse y estacionarse frente a la casa. Sentí al golpecito sobre mi cabeza y volví a mirar a Diego. Un par de lágrimas caían desde su mejilla izquierda, la mandíbula apretada hacía crujir los dientes. Yo comencé a retroceder, mirando dónde podía escapar, pero Carmozil me sostuvo el brazo con fuerza. No dijo una palabra.

—¡Déjame, suéltame! —grité, y vi dos hombres de traje negro, con guantes y máscaras blancas sin relieve bajarse del carro.

Los hombres me tomaron de los antebrazos y me pusieron un trapo en la boca, yo comencé a gritar e intentar soltarme mientras me arrastraban hacia el carro. Miraba a Diego, que se mantenía fijo en el mismo lugar, sin ver atrás, sin dejar de apretar los puños y con la cabeza ligeramente inclinada.

—Te dije que jamás me lo ibas a perdonar —dijo en voz profunda.

Los hombres hablaban entre ellos en un idioma que no

reconocí ni se me hacía familiar. Me esposaron, me cubrie-
ron la cabeza con una tela y me metieron en el auto. En la
oscuridad, todo comenzó a hacer sentido.

FIN

*"No existe nada que temer, solo hay cosas que entender. Es
tiempo de entender más, para que podamos temer menos"*
Marie Curie.

Agradecimientos

Quiero tomarme estas líneas para agradecer brevemente a las personas a quienes debo esta historia.

Primero a mi familia, que me apoya todos los días para seguir escribiendo.

A Toto, a quien le debo saber escribir.

A Pablo, por empujarme y darme confianza en aquellos momentos donde sentía que la historia era peligrosa, o pensaba que probablemente me criticarían públicamente si alguien malinterpretaba las palabras.

A Braulio, Camila y Valentina, mis amigos confidentes que me dieron su opinión de la trama y los personajes, en una novela muy distinta a la que normalmente escribo. Gracias también por darme la valentía de publicarla y exponerla al mundo.

A Mónika Zgustova, por su increíble entrevista a Natalya Yevgenyevna Gorbanevskaya en "Vestidas para un Baile en la Nieve", que me dio una ventana verosímil no solo al momento de las protestas en Moscú, sino a la cruda realidad de las mujeres en el Gulag que le siguió a esa rebeldía.

A todos los disidentes que luchan hoy contra los verdaderos Deltas Rojos de la tierra.

A los impresionantes personajes históricos a quienes tuve que estudiar y retratar en esta obra.

A mi editor, por confiar en esta historia.

Y, por supuesto, a mis donantes en Patreon, cuyo apoyo ha sido esencial para avanzar como escritora, incluso con una simple taza de café.